OCTAVIA E. BUTLER

FILHOS DE SANGUE

E OUTRAS HISTÓRIAS

TRADUÇÃO
HECI REGINA CANDIANI

MORRO BRANCO
EDITORA

Copyright © 1996, 2005 por Octavia E. Butler

Publicado em comum acordo com © Estate of Octavia E. Butler, e Ernestine Walker-Zadnick, c/o Writers House LLC.

Título original em inglês: BLOODCHILD AND OTHER STORIES

"Filhos de sangue" © 1984 por Davis Publications Inc. Originalmente publicado em *Isaac Asimov's Science Fiction Magazine.*
"O entardecer, a manhã e a noite" © 1987 por Omni Publications International. Originalmente publicado em *Omni Magazine.*
"Parentes próximos" © 1979 por Octavia E. Butler. Originalmente publicado em *Chrysalis 4.*
"Sons da fala" © 1983 por Davis Publications Inc. Originalmente publicado em *Isaac Asimov's Science Fiction Magazine.*
"Atalho" © 1971 por Robin Scott Wilson. Originalmente publicado em *Clarion.*
"O nascimento de uma escritora" © 1989 por Essence Communications, Inc. Originalmente publicado em *Essence.*
"*Furor Scribendi*" © 1993 por Octavia E. Butler. Originalmente publicado em *L. Ron Hubbard Presents Writers of the Future Volume IX.*
"Anistia" © 2003 por Octavia E. Butler.
"O livro de Martha" © 2003 por Octavia E. Butler e SCIFI.com

Direção editorial: VICTOR GOMES
Coordenação editorial e elaboração de questões: GIOVANA BOMENTRE
Tradução: HECI REGINA CANDIANI
Preparação: VICTOR ALMEIDA
Revisão: BÁRBARA PRINCE
Capa: ©MECOB
Adaptação de capa e projeto gráfico: BEATRIZ BORGES
Diagramação: DESENHO EDITORIAL

ESTA É UMA OBRA DE FICÇÃO. NOMES, PERSONAGENS, LUGARES, ORGANIZAÇÕES E SITUAÇÕES SÃO PRODUTOS DA IMAGINAÇÃO DO AUTOR OU USADOS COMO FICÇÃO. QUALQUER SEMELHANÇA COM FATOS REAIS É MERA COINCIDÊNCIA.

TODOS OS DIREITOS RESERVADOS. PROIBIDA A REPRODUÇÃO, NO TODO OU EM PARTES, ATRAVÉS DE QUAISQUER MEIOS. OS DIREITOS MORAIS DO AUTOR FORAM CONTEMPLADOS.

DADOS INTERNACIONAIS DE CATALOGAÇÃO NA PUBLICAÇÃO (CIP)

B985f Butler, Octavia Estelle
Filhos de sangue e outras histórias/ Octavia E. Butler; Tradução:
Heci Regina Candiani – São Paulo: Editora Morro Branco, 2020.
p. 240 ; 14x21cm.
ISBN: 978-65-86015-01-0
1. Literatura americana – Contos. 2. Ficção científica. I. Candiani,
Heci Regina. II. Título.
CDD 813

TODOS OS DIREITOS DESTA EDIÇÃO RESERVADOS À:
EDITORA MORRO BRANCO
Alameda Santos, 1357, 8º andar
01419-908 – São Paulo, SP – Brasil
Telefone (11) 3149-2080
www.editoramorrobranco.com.br

Impresso no Brasil
2020

PREFÁCIO 11

HISTÓRIAS 15
FILHOS DE SANGUE 16
O ENTARDECER, A MANHÃ E A NOITE 49
PARENTES PRÓXIMOS 89
SONS DA FALA 104
ATALHO 127

DOIS ENSAIOS 137
OBSESSÃO POSITIVA 138
FUROR SCRIBENDI 152

NOVAS HISTÓRIAS 161
ANISTIA 162
O LIVRO DE MARTHA 204

QUESTÕES PARA DISCUSSÃO 235

PREFÁCIO

A verdade é: eu odeio escrever contos. Tentar fazê-lo me ensinou muito mais sobre frustração e desespero do que eu gostaria de saber.

Começa com uma ideia e, então, dez, vinte, quem sabe trinta páginas depois, você tem um conto pronto.

Bem, talvez.

Minhas primeiras compilações de páginas não podiam nem ser consideradas histórias. Eram fragmentos de obras mais longas, de romances emperrados, inacabados. Ou eram breves resumos de romances não escritos. Ou incidentes isolados que não se sustentavam sozinhos.

Tudo isso, e ainda eram mal-escritos.

O fato de meus professores de escrita da faculdade só terem dito coisas educadas e enfadonhas a respeito deles não ajudou. Eles não conseguiam me ajudar com a ficção científica e a fantasia que eu seguia entregando. Na verdade, eles não tinham uma opinião muito favorável sobre qualquer coisa que pudesse ser chamada de ficção científica.

Editores frequentemente recusavam minhas histórias, devolvendo-as com as costumeiras cartas de rejeição padrão e sem assinatura. Isso, claro, era o rito de passagem para ser escritora. Eu já sabia, o que não tornava a experiência mais fácil. E quanto aos contos, eu costumava parar de escrevê-los da mesma maneira que algumas pessoas param de fumar: várias e várias vezes. Não conseguia fugir das minhas ideias de histórias e não conseguia fazê-las funcionar como contos. Depois de um longo esforço, fiz com que algumas funcionassem como romances.

O que deveriam ter sido desde o começo. Sou essencialmente uma romancista. As ideias que mais me interessam tendem a ser grandiosas. Explorá-las exige mais tempo e espaço do que um conto pode conter. Ainda assim, vez ou outra, um dos meus contos é um conto de verdade. As cinco primeiras histórias desta coletânea são contos de verdade. Nunca fiquei tentada a transformá-las em romances. Este livro, no entanto, me deixou tentada a suplementá-las, não para fazer com que ficassem mais longas, mas para falar sobre cada uma delas. Por isso, incluí um breve pós-escrito no final de cada conto. Gosto da ideia dos pós-escritos em vez das introduções individuais, já que os pós-escritos me permitem falar livremente sobre as histórias sem estragá-las para quem as lê. Será um prazer aproveitar essa liberdade. Até agora, outras pessoas fizeram muitas interpretações sobre minha obra: "Butler parece estar dizendo...", "Butler claramente acredita...", "Butler deixa claro que sente...".

Na verdade, sinto que o que as pessoas trazem para minha obra é tão importante para elas quanto aquilo que coloco nela. Mas ainda fico feliz em poder falar um pouco sobre como crio essa obra e o que ela significa para mim.

HISTÓRIAS

FILHOS DE SANGUE

A última noite de minha infância terminou com uma visita delas. As irmãs de T'Gatoi tinham nos dado dois ovos não fertilizados. T'Gatoi deu um para minha mãe, meu irmão e minhas irmãs. E insistiu que eu comesse o outro sozinho. Não tinha problema. Ainda havia o suficiente para deixar todos satisfeitos. Quase todos. Minha mãe não queria comer nada. Ela se sentou, observando todo mundo adormecer e sonhar sem ela. Durante a maior parte do tempo, foi a mim que ela observou.

Recostei-me na comprida e aveludada parte inferior de T'Gatoi, sugando meu ovo de tempos em tempos e me perguntando por que minha mãe se privava de um prazer tão inofensivo. Ela teria menos fios de cabelo branco se cedesse de vez em quando. Os ovos prolongavam a vida, prolongavam o vigor. Meu pai, que nunca tinha recusado um na vida, viveu mais do que o dobro do tempo que deveria ter vivido. E, quase no fim da vida, quando deveria estar reduzindo o ritmo, ele se casou com minha mãe e gerou quatro crianças.

Mas minha mãe parecia se contentar em envelhecer antes do tempo. Percebi que ela virou o rosto no instante em que os diversos membros de T'Gatoi me apertaram mais forte. T'Gatoi gostava do calor do nosso corpo e se aproveitava dele sempre que podia. Quando eu era menor, minha mãe sempre tentava me dizer como me comportar com T'Gatoi, como agir de forma respeitosa e ser sempre obediente, porque T'Gatoi era a funcionária do governo Tlic responsável pela Reserva e, portanto, a mais importante de sua espécie a lidar diretamente com os terráqueos. Era uma honra, dizia minha mãe, que uma pessoa como ela tivesse escolhido entrar para a família. Minha mãe ficava formal e séria ao extremo quando mentia.

Eu não fazia ideia do porquê de ela estar mentindo, ou mesmo sobre o que mentia. *Era* uma honra ter T'Gatoi na família, mas não era grande novidade. Elas foram amigas por toda a vida de minha mãe, e T'Gatoi não tinha interesse em se sentir honrada na casa que considerava um segundo lar. Ela simplesmente entrava, subia em um de seus sofás especiais e me chamava para aquecê-la. Era impossível ser formal enquanto me recostava nela e a ouvia reclamar, como sempre, que eu estava muito magro.

— Você está melhor — disse ela desta vez, me examinando com seis ou sete de seus membros. — Finalmente está ganhando peso. A magreza é perigosa.

O exame mudou de repente, tornando-se uma série de afagos.

— Ele ainda está magro demais — minha mãe enfatizou.

T'Gatoi ergueu a cabeça e talvez um metro de seu corpo do sofá, como se fosse se sentar. Olhou para minha mãe. E minha mãe, com seu rosto de aparência enrugada e velha, olhou para outro lado.

— Lien, eu gostaria que você tomasse o que sobrou do ovo de Gan.

— Os ovos são para as crianças — disse minha mãe.

— São para a família. Por favor, pegue.

Obedecendo de má vontade, minha mãe o tirou de mim e o colocou na boca. Só tinham sobrado algumas gotas na casca, agora enrugada e flexível, mas ela as espremeu e as engoliu. Depois de instantes, algumas das rugas de tensão começaram a desaparecer de seu rosto.

— É gostoso — ela sussurrou. — Às vezes me esqueço de como é gostoso.

— Você deveria tomar mais — disse T'Gatoi. — Por que tem tanta pressa de ficar velha?

Minha mãe não respondeu.

— Gosto de poder vir aqui — disse T'Gatoi. — Este lugar é um refúgio por sua causa. Ainda assim, você não quer se cuidar. T'Gatoi era perseguida no exterior. Seu povo queria que mais de nós estivéssemos disponíveis. Apenas ela e sua facção política se colocavam entre nós e as hordas que não compreendiam por que havia uma Reserva, por que nenhum terráqueo podia ser cortejado, pago, recrutado e colocado, de alguma forma, à disposição deles. Ou entendiam, mas, em seu desespero, não se importavam. Ela nos repartia entre os desesperados e nos vendia para os ricos e poderosos em troca de apoio político. Portanto, éramos itens necessários, símbolos de status e de um povo independente. Ela fiscalizava a associação de famílias, dando fim à política remanescente do sistema anterior, que separava famílias terráqueas para a conveniência dos Tlics impacientes. Eu havia morado no exterior com ela. Tinha visto como as pessoas olhavam para mim com avidez desesperada. Era um tanto assustador saber que apenas ela se colocava entre nós e aquele desespero que poderia facilmente nos engolir. Às vezes, minha mãe olhava para T'Gatoi e dizia para mim: "Tome conta dela". E eu me lembrava de que ela também tinha vivido no exterior, que já vira aquilo.

Agora, T'Gatoi usava quatro de seus membros para me afastar de si e me colocar no chão.

— Vá, Gan — disse ela. — Sente-se ali com suas irmãs e desfrute do fato de não estar sóbrio. Você tomou quase todo o ovo. Lien, venha me aquecer.

Minha mãe hesitou, sem nenhum motivo aparente. Uma das minhas memórias mais antigas era dela estendida ao lado de T'Gatoi, falando sobre coisas que eu não conseguia entender, me pegando do chão e rindo enquanto me colocava sentado em um dos segmentos de T'Gatoi. Na época, ela comia sua porção de ovos. Eu me pergunto às vezes quando ela parou, e por quê.

Agora, ela se deitava encostada em T'Gatoi e todos os membros da lateral esquerda se fechavam em torno dela, segurando-a superficialmente, mas com firmeza. Sempre achei confortável me deitar daquele jeito, mas, com exceção de minha irmã mais velha, mais ninguém da família gostava. Diziam que aquilo os fazia se sentirem engaiolados.

T'Gatoi tinha a intenção de engaiolar minha mãe. Assim que o fez, moveu sua cauda levemente e então disse:

— Não foi ovo o suficiente, Lien. Deveria tê-lo tomado quando passou por você. Você precisa muito disso agora.

A cauda de T'Gatoi se moveu mais uma vez, como um chicote tão ágil que eu não teria visto se não estivesse de olho. O ferrão extraiu apenas uma gota de sangue da perna desnuda de minha mãe.

Minha mãe gritou, provavelmente de surpresa. Ser ferroado não doía. Depois ela suspirou e pude ver seu corpo relaxar. Ela mudou, lânguida, sua posição para uma mais confortável na gaiola de membros de T'Gatoi.

— Por que você fez isso? — perguntou ela, soando quase adormecida.

— Não conseguia mais olhar você sofrendo.

Minha mãe conseguiu mover os ombros em uma pequena contração desdenhosa.

— Amanhã — disse.

— Sim. Amanhã você retoma seu sofrimento, se é o que deseja. Mas por enquanto, só por enquanto, deite-se aqui, me aqueça e deixe-me aliviar um pouco seu fardo.

— Sabe, ele ainda é meu — minha mãe disse, de repente.

— Nada pode comprá-lo.

Sóbria, ela não se permitiria dizer essas coisas.

— Nada — T'Gatoi concordou, satisfazendo-a.

— Você achou que eu o venderia em troca de ovos? Pelo resto da vida? Meu filho?

— Não, por nada — disse T'Gatoi, afagando os ombros de minha mãe, brincando com os cabelos que estavam ficando grisalhos.

Eu gostaria de ter tocado minha mãe, compartilhado aquele instante com ela. Agora, se eu a tocasse, ela pegaria minha mão. Libertada pelo ovo e pelo ferrão, ela sorriria e talvez dissesse coisas há muito tempo guardadas. Mas amanhã, lembraria tudo isso como uma humilhação. Eu não queria fazer parte da recordação de uma humilhação. Melhor apenas ficar parado, sabendo que, por baixo de todo o dever, o orgulho e a dor, ela me amava.

— Xuan Hoa, tire os sapatos dela — disse T'Gatoi. — Daqui a pouco, vou ferroá-la de novo e ela conseguirá dormir.

Minha irmã mais velha obedeceu, cambaleando ao se levantar, como se estivesse embriagada. Quando terminou, ela se sentou ao meu lado e pegou minha mão. Sempre fomos unidos, ela e eu.

Minha mãe encostou a parte de trás da cabeça na parte de baixo de T'Gatoi e tentou, daquele ângulo impossível, olhar para o rosto largo e redondo.

— Você vai me ferroar de novo?

— Sim, Lien.

— Vou dormir até o meio-dia de amanhã.

— Ótimo. Você precisa disso. Quando foi a última vez que dormiu?

Minha mãe fez um som de contrariedade, sem palavras.

— Eu deveria ter pisado em você quando era pequena o suficiente — ela resmungou.

Era uma piadinha antiga entre elas. Tinham crescido juntas, de certa forma, embora T'Gatoi não tivesse, ao longo da vida de minha mãe, sido pequena o suficiente para qualquer terráqueo pisar nela. Tinha quase o triplo da idade atual de minha mãe, mas ainda seria jovem quando minha mãe morresse de velhice. Elas se conheceram quando T'Gatoi estava entrando em um período de desenvolvimento acelerado, uma espécie de adolescência tlic. Minha mãe era filha única, mas por algum tempo elas se desenvolveram no mesmo ritmo e não tinham amigas melhores do que uma à outra.

T'Gatoi até apresentou minha mãe ao homem que se tornou meu pai. Meus pais, satisfeitos um com o outro apesar da diferença de idade, se casaram quando T'Gatoi estava entrando para o negócio de sua família: a política. Minha mãe e ela se viam menos. Mas, em algum momento antes de minha irmã mais velha nascer, minha mãe prometeu dar a T'Gatoi uma de suas crianças. Ela teria de dar um de nós a alguém, e preferiu T'Gatoi a algum estranho.

Os anos se passaram. T'Gatoi viajou e ampliou sua influência. A Reserva era dela quando veio até minha mãe para receber o que provavelmente enxergava como a única recompensa por seu trabalho duro. Minha irmã gostou dela logo de cara e queria ser a escolhida, mas minha mãe estava no final da minha gestação e T'Gatoi gostou da ideia de escolher um bebê, a fim de observar e participar de todas as fases do desenvolvimento. Disseram-me que fui engaiolado pela primeira vez entre os muitos membros de T'Gatoi apenas três minutos depois do meu nascimento. Passados alguns dias, recebi o primeiro ovo para saborear. Conto isso aos terráqueos quando me perguntam se alguma vez tive medo dela. E conto isso aos Tlics quando T'Gatoi lhes recomenda uma criança terráquea pequena e eles, ansiosos e ignorantes, pedem um adolescente. Até meu irmão, que por alguma razão cresceu temendo e desconfiando dos Tlics, poderia tranquilamente ter entrado para uma de suas famílias se tivesse sido adotado cedo o suficiente. Às vezes penso que, para o próprio bem, ele deveria ter sido adotado. Olhei para ele, esticado do outro lado do quarto, de olhos abertos, mas de olhar vidrado enquanto sonhava sob efeito do ovo. Pouco importava o que sentia em relação aos Tlics, ele sempre exigia sua porção de ovo.

— Lien, você consegue ficar em pé? — perguntou T'Gatoi, de repente.

— Em pé? — disse minha mãe. — Pensei que ia dormir.

— Depois. Parece que tem alguma coisa errada lá fora. — A gaiola desapareceu bruscamente.

— O quê?

— Levante-se, Lien.

Minha mãe reconheceu aquele tom e se levantou bem a tempo de evitar ser largada no chão. T'Gatoi rapidamente moveu seus três metros de corpo para fora do sofá, na direção da porta, e saiu a toda velocidade. Ela tinha ossos: costelas, uma longa coluna, um esqueleto, quatro conjuntos de ossos nos membros em cada segmento. Mas quando se movia daquela forma, serpenteando, lançando-se em quedas controladas, e pousava, correndo, não apenas parecia invertebrada, mas aquática, nadando no ar como se fosse água. Eu adorava assisti-la em movimento.

Abandonei minha irmã e comecei a segui-la porta afora, embora não estivesse muito firme sobre meus pés. Teria sido melhor me sentar e sonhar, melhor ainda encontrar uma garota e dividir com ela um sonho acordado. Na época em que os Tlics não nos viam como algo além de animais grandes, úteis e de sangue quente, eles nos encurralavam juntos, machos e fêmeas, e nos alimentavam apenas com ovos. Assim podiam ter certeza de obter outra geração de nossa espécie por mais que tentássemos resistir. Tivemos sorte por eles não continuarem com isso por muito tempo. Em algumas gerações, *seríamos* pouco mais que animais grandes e úteis.

— Segure a porta aberta, Gan — disse T'Gatoi. — E diga à família para ficar onde está.

— O que é isso? — perguntei.

— N'Tlic.

Eu me encolhi contra a porta.

— Aqui? Sozinho?

— Imagino que ele estivesse tentando alcançar a cabine de comunicação.

Ela passou por mim carregando o homem inconsciente, dobrado como um casaco sobre os membros dela. Parecia jovem, talvez da idade do meu irmão, e muito mais magro do que o normal. Aquilo que T'Gatoi teria chamado de perigosamente magro.

— Gan, vá até a cabine — ela pediu enquanto colocava o homem no chão e começava a tirar as roupas dele.

Eu não me mexi.

Depois de um instante, ela ergueu os olhos para mim. Sua imobilidade súbita era um sinal de profunda impaciência.

— Mande Qui — disse a ela. — Vou ficar aqui. Quem sabe eu possa ajudar.

Ela permitiu que seus membros se movessem outra vez, erguendo o homem e tirando a camisa dele pela cabeça.

— Você não quer ver isso — disse ela. — Vai ser difícil. Não posso ajudar este homem do modo que a Tlic dele poderia.

— Eu sei, mas mande Qui. Ele não vai querer ajudar em nada aqui. Eu, pelo menos, estou tentando.

Ela olhou para meu irmão: mais velho, mais forte, certamente mais capaz de ajudá-la ali. Estava sentado, junto à parede, com os olhos fixos no homem no chão, sem disfarçar o medo e a repulsa. Até ela conseguiu perceber que ele seria inútil.

— Vá, Qui! — disse ela.

Ele não discutiu. Levantou-se, cambaleando por um breve instante, depois se equilibrou, sóbrio de tão assustado.

— Este homem se chama Bram Lomas — ela explicou, lendo a braçadeira do homem. Toquei minha própria braçadeira em sinal de compaixão. — Ele precisa de T'Khotgif Teh. Ouviu?

— Bram Lomas, T'Khotgif Teh — meu irmão repetiu. — Estou indo.

Ele contornou Lomas e atravessou a porta correndo.

Lomas começou a recuperar a consciência. No começo, apenas gemeu e, em meio a espasmos, agarrou dois dos membros de T'Gatoi. Minha irmã mais nova finalmente acordou do seu sonho de ovo e se aproximou para olhar para ele, mas minha mãe a puxou pelas costas.

T'Gatoi tirou os sapatos do homem, depois as calças dele, o tempo todo deixando dois membros para que ele segurasse. Todos os seus membros eram igualmente hábeis, exceto alguns dos últimos.

— Não quero nenhuma desculpa sua desta vez, Gan — disse ela.

Eu me endireitei.

— O que devo fazer?

— Vá lá para fora e abata um animal que tenha pelo menos metade do seu tamanho.

— Abater? Mas eu nunca...

Ela me arremessou para o outro lado da sala. Sua cauda era uma arma eficiente, quer ela exibisse o ferrão ou não.

Eu me levantei, me sentindo um idiota por ter ignorado o aviso dela, e fui para a cozinha. Talvez eu conseguisse matar alguma coisa com uma faca ou um machadinho. Minha mãe criava alguns animais terráqueos para alimentação e milhares de animais locais para usar a pele. T'Gatoi provavelmente preferiria alguma coisa local. Um achti, quem sabe. Alguns deles tinham o tamanho certo, embora tivessem quase três vezes mais dentes do que eu e uma verdadeira paixão por usá-los.

Minha mãe, Hoa e Qui conseguiam matá-los com facas. Eu nunca tinha matado absolutamente nada, nunca tinha abatido nenhum animal. Tinha passado a maior parte do meu tempo com T'Gatoi, enquanto meu irmão e minhas irmãs estavam aprendendo o negócio da família. T'Gatoi estava certa. Deveria ter sido eu a ir até a cabine de comunicação. Isso, ao menos, eu conseguiria fazer.

Fui até o armário do canto, onde minha mãe guardava as maiores ferramentas da casa e do jardim. No fundo do armário ficava a tubulação que escoava a água usada da cozinha, só que ela não funcionava mais. Meu pai tinha redirecionado a água usada para baixo antes de eu nascer. Agora, a tubulação podia ser girada de tal maneira que uma metade deslizava em volta da outra e uma espingarda podia ser guardada ali dentro. Aquela não era nossa única arma, mas era a de acesso mais fácil. Eu teria que usá-la para atirar em um dos achti maiores. Depois, T'Gatoi provavelmente a confiscaria. Armas de fogo eram ilegais na Reserva. Aconteceram alguns incidentes assim que a Reserva fora criada: terráqueos atirando em Tlics, atirando em N'Tlics. Isso foi antes de a união das famílias começar, antes de todos terem interesse em manter a paz. Ninguém atirou em um Tlic na minha época, nem na de minha mãe, mas a lei ainda vigorava: para nossa proteção, nos disseram. Havia histórias de famílias terráqueas inteiras exterminadas em represália aos assassinatos.

Fui até as gaiolas e atirei no maior achti que consegui encontrar. Era um lindo macho reprodutor e minha mãe não ficaria nada contente ao me ver carregando-o para dentro. Mas tinha o tamanho adequado e eu estava com pressa.

Coloquei o corpo comprido e quente do achti sobre meu ombro, feliz por parte do peso que ganhei ser de massa muscular, e o levei até a cozinha. Lá, coloquei a arma de volta no esconderijo. Se T'Gatoi percebesse os ferimentos do achti e pedisse a arma, eu a entregaria a ela. Caso contrário, eu a deixaria onde meu pai queria que ficasse.

Virei para levar o achti até ela, e então hesitei. Por vários segundos, fiquei diante da porta fechada me perguntando por que, de repente, estava com medo. Sabia o que ia acontecer. Não tinha presenciado aquilo antes, mas T'Gatoi me mostrara diagramas e desenhos. Ela se certificou de que eu soubesse a verdade assim que tive idade suficiente para compreendê-la.

Ainda assim, não queria entrar naquela sala. Passei algum tempo escolhendo uma das facas na caixa de madeira entalhada onde minha mãe as guardava. Disse a mim mesmo que T'Gatoi poderia querer uma para o couro duro e densamente coberto de pelos do achti.

— Gan! — T'Gatoi chamou, com a voz áspera da urgência.

Engoli em seco. Nunca imaginei que um único passo poderia ser tão difícil. Percebi que estava tremendo e isso me envergonhou. A vergonha me empurrou pela porta. Coloquei o achti no chão, perto de T'Gatoi, e vi que Lomas estava inconsciente outra vez. Lomas, ela e eu estávamos sozinhos na sala. Minha mãe e minhas irmãs provavelmente foram despachadas para que não tivessem de assistir àquilo. Eu as invejei.

No entanto, minha mãe voltou à sala enquanto T'Gatoi atacava o achti. Ignorando a faca que lhe entreguei, ela estendeu as garras de vários de seus membros e abriu uma fenda da garganta ao ânus do achti. Olhou para mim com seus olhos amarelos e determinados.

— Segure os ombros do homem, Gan.

Em pânico, fixei os olhos em Lomas, percebendo que não queria tocá-lo, quanto mais segurá-lo. Não era como atirar em um animal. Não era tão rápido, nem tão piedoso e, esperava eu, nem tão definitivo, mas não havia nada que eu desejasse menos do que participar daquilo.

Minha mãe se ofereceu:

— Gan, você segura o lado direito — disse ela. — Eu vou segurar o esquerdo.

Caso Lomas recuperasse os sentidos, ele se livraria dela sem sequer perceber que tinha feito isso. Era uma mulher minúscula. Muitas vezes, minha mãe se perguntava em voz alta como tinha gerado, segundo ela, crianças tão "imensas".

— Pode deixar — respondi, segurando os ombros do homem. — Eu faço isso. — Ela ficou me rondando. — Não se preocupe. Não vou envergonhá-la. Não precisa ficar para ver.

Ela olhou para mim com dúvida, e então tocou meu rosto em um carinho raro. Por fim, voltou para seu próprio quarto.

T'Gatoi abaixou a cabeça, aliviada.

— Obrigada, Gan — disse ela, com uma cortesia que era mais terráquea do que tlic.

— Essa aí... está sempre procurando um jeito novo para que eu a faça sofrer.

Lomas começou a gemer e a fazer sons, como se engasgasse. Eu tinha a esperança de que ele permanecesse inconsciente. T'Gatoi colocou o rosto próximo ao dele, para que ele pudesse voltar a atenção para ela.

— Ferroei você o máximo que tive coragem por ora — falou para ele. — Quando isso acabar, vou ferroá-lo para que durma e você não sentirá mais dor.

— Por favor — o homem implorou. — Espere...

— Não há mais tempo, Bram. Vou ferroá-lo assim que isso acabar. Quando T'Khotgif chegar, ela lhe dará ovos para ajudar você a sarar. Isso vai acabar logo.

— T'Khotgif! — o homem gritou, empurrando minhas mãos.

— Daqui a pouco, Bram.

T'Gatoi lançou um olhar para mim, depois colocou uma garra no abdome dele, um pouco à direita do centro, bem abaixo da costela esquerda. Houve um movimento em sua pele marrom, do lado direito, uma pulsação minúscula, aparentemente aleatória, criando uma concavidade aqui, uma protuberância ali, várias vezes, até que consegui perceber um ritmo e soube onde aconteceria o pulso seguinte.

Todo o corpo de Lomas enrijeceu sob a garra de T'Gatoi, embora ela mal a tivesse apoiado ao enroscar a parte de trás de seu corpo em volta das pernas dele. Ele poderia se soltar de minhas mãos, mas não das dela. Lomas chorou incontrolavelmente enquanto T'Gatoi prendia suas mãos usando as calças que haviam sido tiradas. Depois, empurrou as mãos dele acima da cabeça, para que eu pudesse ajoelhar no tecido entre elas a fim de mantê-las no lugar.

Ela enrolou a camisa e deu para ele morder.

Então, T'Gatoi o abriu.

O corpo dele convulsionou ao primeiro corte. Ele quase se desvencilhou de mim. O som que liberou... eu nunca tinha ouvido sons como aqueles vindos de nada humano. T'Gatoi pareceu não dar atenção enquanto ampliava e aprofundava o corte, parando de vez em quando para lamber o sangue. Os vasos sanguíneos dele se contraíram, reagindo às substâncias químicas da saliva dela, e o sangramento diminuiu.

Era como se eu a estivesse ajudando a torturá-lo, ajudando a consumi-lo. Sabia que eu logo iria vomitar, só não sabia por que ainda não o tinha feito. Provavelmente não aguentaria até o fim.

Ela encontrou a primeira larva. Era gorda e vermelho-escura, por dentro e por fora, por causa do sangue de Lomas. Já tinha comido a casca do próprio ovo, mas aparentemente não começara a comer seu hospedeiro. Nessa fase, a larva comeria qualquer carne, exceto a da própria mãe. Deixada ali, continuaria excretando os venenos que não só causaram a doença como alertaram Lomas. Por fim, teria começado a comer. Quando tivesse aberto uma saída em Lomas, o homem estaria morto ou moribundo e seria incapaz de revidar daquela coisa que o estava matando. Sempre havia um intervalo entre o momento em que o hospedeiro adoecia e o momento em que as larvas começavam a comê-lo.

Com cuidado, T'Gatoi pegou a larva que se contorcia e olhou para ela, ignorando, de alguma forma, os terríveis gemidos do homem.

De repente, o homem perdeu a consciência.

— Ótimo. — T'Gatoi baixou os olhos até ele. — Queria que vocês, terráqueos, conseguissem fazer isso por livre e espontânea vontade.

Ela não sentia nada. E a criatura que ela segurava... quinze centímetros de comprimento, talvez, e dois de largura. Era cega e estava coberta de sangue. Parecia um grande verme. T'Gatoi a colocou na barriga do achti e ela imediatamente começou a cavar. Ficaria ali comendo enquanto houvesse alguma coisa para comer.

Examinando a carne de Lomas, ela encontrou mais duas, uma delas menor e mais vigorosa.

— Um macho! — ela exclamou, contente.

Ele morreria antes de mim. Antes mesmo de suas irmãs terem membros, ele passaria por sua metamorfose copulando com tudo que não fugisse. Foi o único a se esforçar seriamente para morder T'Gatoi quando ela o colocou no achti.

Vermes mais pálidos vieram à tona na carne de Lomas. Fechei meus olhos. Era pior do que encontrar algo morto, em putrefação, cheio de larvinhas de animais. E era muito pior do que qualquer desenho ou gráfico.

— Ah, tem mais — disse T'Gatoi, arrancando duas larvas compridas e grossas. — Pode ser que você precise matar outro animal, Gan. Tudo sobrevive dentro de vocês, terráqueos.

Durante toda minha vida me disseram que isso era uma coisa boa e necessária que os Tlics e os terráqueos faziam juntos, uma espécie de parto. Eu tinha acreditado... até aquele momento. Sabia que o parto, fosse como fosse, era doloroso e sangrento. Mas isso era algo diferente, algo pior. E eu não estava pronto para assistir ao processo. Talvez nunca estivesse. Ainda assim, não conseguia não olhar. Fechar os olhos não adiantava.

T'Gatoi encontrou uma larva que ainda estava comendo a casca de seu ovo. Os restos da casca continuavam presos a um vaso sanguíneo pela própria cânula, ou gancho, ou o que quer que fosse. Essa era a maneira de as larvas se fixarem e se alimentarem. Só sugavam o sangue até estarem prontas para eclodir. Então, comiam as cascas compridas e flexíveis de seus ovos. Depois, comiam seus hospedeiros.

T'Gatoi arrancou a casca do ovo com uma mordida e lambeu o sangue. Será que gostou do sabor? Será que os hábitos da infância demoravam a desaparecer (ou nunca desapareciam)?

O procedimento parecia errado, alienígena. Nunca pensei que algo nela pudesse parecer alienígena para mim.

— Mais uma, acho — disse ela. — Talvez duas. Uma verdadeira família. Nos dias de hoje, em um hospedeiro animal, teríamos sorte em encontrar uma ou duas vivas. — Ela olhou para mim. — Vá lá fora, Gan, e esvazie seu estômago. Vá agora, enquanto o homem está inconsciente.

Cambaleei para fora, mal conseguindo sair. Vomitei embaixo da árvore que ficava em frente à porta principal, até não haver mais nada para expelir. Por fim, me ergui, tremendo, com lágrimas descendo pelo rosto. Não sabia por que estava chorando, mas não conseguia parar. Afastei-me da casa, para evitar que me vissem. Cada vez que fechava os olhos, via vermes vermelhos rastejando em carne humana ainda mais vermelha.

Um carro vinha em direção à nossa casa. Como os veículos motorizados eram proibidos para os terráqueos, com exceção dos equipamentos agrícolas, devia ser a Tlic de Lomas, com Qui e um médico terráqueo. Enxuguei o rosto na camisa, tentando me controlar.

— Gan! — Qui gritou quando o carro parou. — O que aconteceu?

Ele saiu engatinhando pela porta do carro baixo e cilíndrico, próprio para os Tlics. Outro terráqueo engatinhou, saindo pelo outro lado, e entrou na casa sem falar comigo. O médico. Com a ajuda dele e de alguns ovos, Lomas poderia sobreviver.

— T'Khotgif Teh? — perguntei.

A motorista Tlic saiu do carro e se ergueu até metade da própria altura diante de mim. Ela era mais pálida e menor do que T'Gatoi, provavelmente tinha nascido do corpo de um animal. Tlics nascidos de corpos humanos eram sempre maiores e mais numerosos.

— Seis recém-nascidos — disse a ela. — Sete, talvez. Pelo menos um macho.

— E Lomas? — perguntou ela, séria.

Gostei dela pela pergunta e pela preocupação em sua voz no momento em que a fez. A última fala coerente de Lomas fora nome dela.

— Ele está vivo — respondi.

Ela se precipitou para dentro da casa sem mais uma palavra.

— Ela está doente — disse meu irmão, observando-a se afastar. — Quando telefonei, consegui ouvir pessoas dizendo a ela que não estava boa o bastante para sair, mesmo que fosse para isso.

Não respondi. Tinha sido gentil com a Tlic. Agora, não queria falar com ninguém. Tinha a esperança de que ele entrasse, ao menos por curiosidade.

— Finalmente acabou descobrindo mais do que queria saber, hein? — meu irmão comentou.

Olhei para ele.

— Não me olhe do jeito que *ela* olha — disse ele. — Você não é ela. Você é só propriedade dela.

"O jeito que ela olha." Será que eu assimilara até suas expressões?

— O que você fez, vomitou? — Ele farejou o ar. — Então agora você sabe no que vai se meter.

Eu me afastei dele. Éramos próximos quando crianças. Ele permitia que eu o seguisse por toda parte quando estava em casa e, às vezes, T'Gatoi deixava que ele viesse comigo quando me levava para a cidade. Mas algo aconteceu quando ele chegou à adolescência. Nunca soube o quê. Ele começou a se manter longe de T'Gatoi. Depois, começou a fugir, até perceber que não existia "fuga". Não dentro da Reserva. Nem fora, com certeza. Depois disso, limitou-se a conseguir a porção dele em cada ovo que entrava na casa e em olhar para mim de uma maneira que me fazia quase odiá-lo, uma maneira que dizia claramente, se minha interpretação estivesse certa, que ele estava livre dos Tlics.

— Mas sério, como foi? — perguntou ele, vindo atrás de mim.

— Eu matei um achti. Os recém-nascidos o comeram.

— Você não saiu correndo de casa e vomitou só porque eles comeram um achti.

— Eu... nunca tinha visto abrirem uma pessoa antes.

Era verdade e bastava que ele soubesse isso. Não podia falar a respeito da outra coisa. Não com ele.

— Ah.

Ele olhou para mim como se quisesse dizer mais, porém permaneceu calado. Caminhamos, sem nos dirigirmos exatamente a lugar algum. Rumo aos fundos da casa, rumo às gaiolas, rumo ao campo.

— Ele disse alguma coisa? — perguntou Qui. — Eu me refiro ao Lomas.

A quem mais ele poderia se referir?

— Ele disse "T'Khotgif".

Qui estremeceu.

— Se ela tivesse feito aquilo comigo, seria a última pessoa por quem eu chamaria.

— Você chamaria por ela. O ferrão dela aliviaria a sua dor sem matar as larvas dentro de você.

— Você acha que eu me importaria se elas morressem?

Não. Claro que ele não se importaria. E eu?

— Merda! — Ele respirou fundo. — Eu vi o que elas fazem. Você acha que essa coisa com o Lomas foi ruim? Isso não foi nada.

Não discuti. Ele não sabia do que estava falando.

— Eu vi comerem um homem.

Eu me virei para encará-lo.

— Você está mentindo!

— *Eu vi comerem um homem.* — Ele fez uma pausa. — Quando eu era pequeno. Fui à casa dos Hartmund e estava voltando para casa. No meio do caminho, vi um homem e uma Tlic, e o homem era N'Tlic. A região era de montanha. Consegui me esconder deles e observar. A Tlic não queria abrir o homem porque não tinha nada com que alimentar as larvas. O homem não conseguia seguir adiante e não havia casas por ali. Ele estava com tanta dor que disse a ela para matá-lo. Implorou para que o matasse. No fim, ela fez isso. Cortou a garganta dele. Uma só vez com a garra. Vi as larvas comendo até saírem, e depois voltarem para dentro do corpo para continuar comendo.

As palavras dele me fizeram ver outra vez a carne de Lomas, infectada de parasitas rastejantes.

— Por que você não me contou isso? — sussurrei.

Ele pareceu espantado, como se tivesse se esquecido de que eu estava escutando.

— Não sei.

— Logo depois disso você começou a fugir, não foi?

— É. Idiota. Fugir dentro da Reserva. Fugir dentro de uma gaiola.

Balancei a cabeça e disse o que já deveria ter dito a ele havia muito tempo.

— Ela não levaria você, Qui. Não tem por que se preocupar.

— Ela levaria... se alguma coisa acontecesse com você.

— Não. Ela levaria Xuan Hoa. Hoa... deseja isso.

Ela não desejaria mais se tivesse visto Lomas.

— Elas não levam mulheres — ele retrucou, com desdém.

— Às vezes, sim. — Olhei para ele. — Na verdade, preferem mulheres. Você deveria estar por perto quando elas conversam entre si. Dizem que as mulheres têm mais gordura corporal para proteger as larvas. Mas, em geral, ficam com os homens para deixar as mulheres livres para dar à luz seus próprios bebês.

— Para suprirem a geração seguinte de animais hospedeiros — disse ele, trocando o desdém pela amargura.

— É mais do que isso! — contestei.

Será que era?

— Se isso estivesse para acontecer comigo, eu também iria querer acreditar que é algo mais.

— *É algo mais!*

Eu me senti como uma criança. Discussão idiota.

— Você pensou isso enquanto T'Gatoi estava tirando os vermes das tripas daquele cara?

— Não era para ser daquele jeito.

— Claro que era. Não era para você ver, só isso. E era para a Tlic dele fazer aquilo. Ela poderia ferroá-lo para deixá-lo inconsciente e a operação não teria sido tão dolorosa. Mas ela ainda o abriria, tiraria as larvas e, se perdesse uma que fosse, essa larva iria envenená-lo e comê-lo de dentro para fora.

Na verdade, houve uma época em que minha mãe me dizia para demonstrar respeito por Qui porque ele era meu irmão mais velho. Fui embora dali, odiando-o. À sua maneira, ele estava exultante. Estava a salvo e eu não. Eu poderia ter batido nele, mas não achei que seria capaz de suportar quando ele se recusasse a revidar, quando ele me olhasse com desdém e pena.

Ele não quis me deixar escapar. Tendo pernas mais compridas, passou à minha frente e fez com que eu tivesse a sensação de segui-lo.

— Desculpe — disse Qui.

Apertei o passo, nauseado e furioso.

— Olhe, provavelmente não vai ser tão ruim com você. T'Gatoi gosta de você. Ela vai ser cuidadosa.

Voltei em direção à casa, quase correndo dele.

— Ela já fez com você? — perguntou, me acompanhando com facilidade. — Quer dizer, está quase na idade certa para a implantação. Ela...?

Bati nele. Não sabia que ia fazer aquilo, mas acho que quis matá-lo. Se ele não fosse maior e mais forte, talvez de fato o matasse.

Ele tentou me segurar, mas no final das contas, teve que se defender. Só me bateu umas duas vezes. Foi muito. Não me lembro de começar a cair, mas quando caí, ele tinha ido embora. Valeu a pena sentir dor para me livrar dele.

Eu me levantei e caminhei devagar na direção da casa. A parte dos fundos estava escura. Não havia ninguém na cozinha. Minha mãe e minhas irmãs estavam dormindo em seus quartos, ou fingindo dormir.

Mal cheguei à cozinha e consegui ouvir vozes tlic e terráqueas no quarto ao lado. Não consegui discernir o que estavam dizendo, não quis discernir.

Sentei-me à mesa de minha mãe, esperando o silêncio. A mesa era lisa e gasta, pesada e bem-feita. Meu pai a fizera para ela pouco antes de morrer. Eu me lembrava de ficar por perto, no chão, enquanto ele a fazia. Ele não ligava. Agora eu estava sentado, apoiado sobre ela, com saudades dele. Poderia ter conversado com ele. Ele tinha feito aquilo três vezes ao longo da vida. Três ninhadas de ovos, três vezes aberto e suturado. Como ele fez aquilo? Como alguém fazia aquilo?

Eu me levantei, tirei a espingarda do esconderijo e me sentei outra vez com ela. Precisava de limpeza, lubrificação.

Mas tudo que fiz foi carregá-la.

— Gan?

Ela produziu vários estalidos quando caminhou no piso descoberto, cada membro estalando em sequência quando tocava o chão. Ondas de pequenos estalos.

Ela veio até a mesa, ergueu metade do corpo acima do móvel e ondulou sobre ele. Ela às vezes se movia tão suavemente que parecia fluir como a própria água. Enrolou-se, formando um pequeno monte no meio da mesa, e olhou para mim.

— Aquilo foi grave — disse ela, baixinho. — Você não deveria ter visto. Não precisava ser daquele jeito.

— Eu sei.

— T'Khotgif, que agora é Ch'Khotgif, vai morrer por causa da doença dela. Não vai viver para criar suas crianças. Mas a irmã dela vai sustentá-las. E vai sustentar Bram Lomas.

A irmã era estéril. Só uma fêmea fértil a cada ninhada. Só uma para dar continuidade à família. Aquela irmã devia mais a Lomas do que jamais conseguiria retribuir.

— Então ele vai sobreviver?
— Sim.
— Eu me pergunto se ele faria isso outra vez.
— Ninguém pediria a ele para fazer isso de novo.

Olhei dentro dos olhos amarelos dela, questionando-me o quanto eu enxergava e entendia e o quanto eu apenas imaginava.

— Ninguém nos pede — disse. — Você nunca me pediu.

Ela fez um movimento sutil com a cabeça.

— O que aconteceu com seu rosto?
— Nada. Nada importante.

No escuro, olhos humanos provavelmente não teriam notado o inchaço. A única iluminação vinha das luas e entrava radiante pela janela do outro lado do cômodo.

— Você usou a espingarda para atirar no achti?
— Sim.
— E tinha intenção de usá-la para atirar em mim?

Surpreso, olhei para o corpo dela, enrolado e gracioso, contornado pelo luar.

— Que gosto o sangue terráqueo tem para você? — Ela não respondeu. — O que você é? — murmurei. — O que somos para você?

Ela ficou imóvel, descansando a cabeça no topo de sua espiral.

— Você me conhece como ninguém mais — ela falou baixinho. — Você precisa decidir.

— Foi isso que aconteceu com meu rosto — disse a ela.

— O quê?

— Qui me desafiou a decidir fazer uma coisa. Não acabou muito bem. — Movi levemente a arma, levantando o cano em diagonal sob meu queixo. — Pelo menos foi uma decisão que eu tomei.

— Assim como esta.
— Peça-me, Gatoi.
— A vida de meus filhos?
Era algo que ela diria. Sabia manipular as pessoas, terráqueas e Tlics. Mas não desta vez.
— Eu não quero ser um animal hospedeiro — eu disse.
— Nem mesmo para você.
Ela levou muito tempo para responder.
— Quase não usamos animais hospedeiros atualmente — respondeu ela. — Você sabe disso.
— Vocês nos usam.
— Usamos. Esperamos muitos anos por vocês, ensinamos vocês e unimos nossas famílias às suas. — Ela se moveu, inquieta. — Você sabe que, para nós, os humanos não são animais.
Encarei-a, sem dizer nada.
— Os animais que usamos antes começaram a destruir a maioria de nossos ovos depois da implantação, muito antes de seus ancestrais chegarem — ela falou em voz baixa. — Você sabe dessas coisas, Gan. Por causa da chegada de seu povo, estamos reaprendendo a ser um povo saudável, próspero. E seus ancestrais, fugindo do mundo em que nasceram, da própria espécie que os teria assassinado ou escravizado... sobreviveram graças a nós. Nós os vimos como pessoas e demos a eles a Reserva quando ainda tentavam nos matar como se fôssemos vermes.
Ao ouvir a palavra "vermes", me sobressaltei. Não pude evitar, e ela não pôde evitar percebê-lo.
— Entendo — disse ela, calma. — Você realmente preferiria morrer a carregar minhas crias, Gan?
Não respondi.
— Devo recorrer a Xuan Hoa?
— Sim!

Hoa desejava aquilo, então que conseguisse. Ela não tinha visto Lomas. Ela ficaria orgulhosa... não aterrorizada.

T'Gatoi escorregou para fora da mesa e sobre o chão, me assustando quase além da conta.

— Esta noite vou dormir no quarto de Hoa. E, em algum momento, hoje à noite ou amanhã de manhã, contarei a ela.

Isso estava indo rápido demais. Minha irmã teve quase tanta participação na minha criação quanto minha mãe. Eu ainda era próximo a ela, não era como Qui. Ela não conseguiria desejar T'Gatoi e, ainda assim, me amar.

— Espere! Gatoi!

Ela olhou para trás, depois se ergueu a quase metade de sua altura e virou para me encarar.

— Isso é coisa de adulto, Gan. Esta é a minha vida, minha família!

— Mas ela... é minha irmã.

— Fiz o que você exigiu. Eu pedi a você!

— Mas...

— Será mais fácil para Hoa. Ela sempre esperou carregar outras vidas dentro dela.

Vidas humanas. Bebês humanos que deveriam, um dia, beber de seus seios, não de suas veias.

Balancei a cabeça.

— Não faça isso com ela, Gatoi.

Eu não era Qui. Mas parecia que iria me tornar como ele, sem fazer nenhum esforço. Poderia fazer de Xuan Hoa meu escudo. Seria mais fácil saber que vermes vermelhos cresciam na carne dela e não na minha?

— Não faça isso com Hoa — repeti.

Ela me encarou, completamente imóvel. Olhei para o outro lado, e depois outra vez para ela.

— Faça comigo.

Abaixei a arma de meu pescoço e ela se inclinou para a frente para pegá-la.

— Não — falei.

— É a lei — respondeu ela.

— Deixe a arma para minha família, por favor. Um deles pode usá-la para salvar minha vida algum dia.

Ela agarrou o cano da espingarda, mas eu não quis soltá-la. Fui puxado até ficar em pé, acima dela.

— Deixe-a aqui! — repeti. — Se não somos seus animais, se isso é coisa de adulto, aceite o risco. Há um risco em lidar com um parceiro, Gatoi.

Estava claro que era difícil para ela largar a espingarda. Um tremor a percorreu e ela fez um sibilo de agonia. E me ocorreu que ela estava com medo. Tinha idade suficiente para ter visto o que as armas faziam com as pessoas. Agora suas crias e aquela arma ficariam juntas na mesma casa. Ela não sabia sobre as outras armas. Nessa disputa, elas não importavam.

— Vou implantar o primeiro ovo hoje à noite — ela disse, enquanto eu colocava a arma de lado. — Ouviu, Gan?

Por que outro motivo eu teria recebido um ovo inteiro para devorar enquanto o restante da família ficou com um para dividir? Por que outro motivo minha mãe ficou olhando para mim como se eu fosse para longe dela, para algum lugar onde ela não poderia me acompanhar? Será que T'Gatoi imaginou que eu não sabia?

— Ouvi.

— Agora!

Deixei que ela me empurrasse para fora da cozinha, depois caminhei na frente dela em direção ao meu quarto. A urgência repentina em sua voz parecia verdadeira.

— Você teria feito isso com Hoa hoje! — acusei.

— Tenho que fazer com alguém hoje.

Parei, apesar da urgência dela, e fiquei em seu caminho.

— Você não se importa quem seja?

Ela ondulou à minha volta até meu quarto. Encontrei-a esperando no sofá que dividíamos. Não havia nada no quarto de Hoa que ela pudesse ter usado. Teria que fazer aquilo com Hoa no chão. De qualquer modo, a imagem dela fazendo aquilo com Hoa agora me incomodava de uma maneira diferente. De repente, fiquei irritado.

Ainda assim, me despi e me deitei ao lado dela. Sabia o que fazer, o que esperar. Tinha sido instruído minha vida inteira. Senti a ferroada familiar, narcótica, ligeiramente agradável. Então, a sondagem cega de seu ovipositor. A perfuração foi indolor, cômoda. Penetrando com tanta facilidade. Ela ondulava lentamente encostada em mim, os músculos dela forçavam o ovo a sair de seu corpo para dentro do meu. Eu me agarrei a dois de seus membros até me lembrar de Lomas a segurando daquela maneira. Então, a soltei, me mexi por descuido e a machuquei. Ela soltou um grito de dor abafado e eu esperei ser engaiolado entre seus membros. Como não fui, eu me agarrei a ela outra vez, sentindo-me estranhamente envergonhado.

— Desculpe — sussurrei.

Ela esfregou meus ombros com quatro de seus membros.

— Você se importa? — perguntei. — Você se importa que seja eu?

Por algum tempo, ela não deu resposta. Por fim:

— Era você quem estava fazendo escolhas nesta noite, Gan. Eu fiz a minha há muito tempo.

— Você teria recorrido a Hoa?

— Sim. Como eu poderia colocar minhas crianças aos cuidados de alguém que as odeia?

— Não foi... ódio.

— Eu sei o que foi.

— Eu estava com medo. — Silêncio. — Ainda estou.

— Mas você veio comigo... para salvar Hoa.

— Sim. — Encostei minha testa nela. Era como o frio de um veludo, enganadoramente macio. — E para ficar com você para mim.

Era verdade. Eu não compreendia aquilo, mas era verdade. Ela fez um "hum" fraco, de satisfação.

— Eu não pude acreditar que cometi um erro desses com você — falou. — Escolhi você. Acreditei que você tinha acabado por me escolher.

— Eu tinha, mas...

— Lomas?

— Sim.

— Nunca conheci um terráqueo que viu um nascimento e aceitou bem. Qui viu um, não viu?

— Sim.

— Terráqueos deveriam ser poupados de vê-los.

Não gostei de como aquilo soou e duvidei que fosse possível.

— Poupados, não — falei. — *Expostos* a eles. Expostos quando somos crianças pequenas e expostos mais de uma vez. Gatoi, nenhum terráqueo vê nascimentos bem-sucedidos. Tudo que vemos são N'Tlics... dor, horror e talvez morte.

Ela abaixou a cabeça para me olhar.

— É uma coisa íntima. Sempre foi uma coisa íntima.

O tom dela me impediu de insistir, o tom e o conhecimento de que, se ela mudasse de ideia, eu poderia ser o primeiro exemplo público. Mas eu tinha colocado a ideia na cabeça dela. Havia a chance de que a ideia se desenvolvesse e, um dia, ela fizesse a experiência.

— Você não vai ver aquilo outra vez — ela me assegurou.
— Não quero mais você pensando em atirar em mim.

A pequena quantidade de fluido que entrou em mim com o ovo dela me fez relaxar completamente, como um ovo estéril teria feito, fazendo com que eu conseguisse me lembrar da espingarda em minhas mãos e de meu sentimento de medo e repulsa, raiva e desespero. Conseguia me lembrar dos sentimentos sem revivê-los. Conseguia falar sobre eles.

— Eu não teria atirado em você — falei. — Não em você.

Ela tinha sido tirada da carne do meu pai quando ele tinha a minha idade.

— Você poderia ter atirado — ela insistiu.
— Não em você.

Ela nos separava de seu próprio povo, nos protegendo, nos integrando.

— Você teria se matado?

Eu me movi com cuidado, desconfortável.

— Poderia ter feito isso. Quase fiz. É como a "fuga" de Qui. Eu me pergunto se ele sabe disso.
— O quê?

Não respondi.

— Agora você vai viver.
— Sim.

Tome conta dela, minha mãe costumava dizer. Sim.

— Sou saudável e jovem — disse ela. — Não vou abandonar você como Lomas foi abandonado... sozinho, N'Tlic. Eu vou cuidar de você.

Nota da autora

Fico surpresa que algumas pessoas tenham interpretado "Filhos de sangue" como uma história de escravidão. Não é. Mas é uma série de outras coisas. Em um primeiro plano, é uma história de amor entre dois seres muito diferentes. Em outro, é uma história de entrada na vida adulta em que um menino precisa assimilar informações perturbadoras e usá-las para tomar uma decisão que irá afetar o resto de sua vida.

Em um terceiro plano, "Filhos de sangue" é minha história sobre um homem grávido. Eu sempre quis explorar como seria, para um homem, ser colocado na mais improvável de todas as posições. Será que eu conseguiria escrever uma história em que um homem escolheu engravidar *não* por meio de alguma espécie de competitividade despropositada, para provar que um homem poderia fazer qualquer coisa que uma mulher pudesse fazer, nem por ser forçado, nem mesmo por curiosidade? Eu queria ver se conseguiria escrever uma história comovente de um homem engravidando por um ato de amor, escolhendo a gravidez a despeito e por causa das dificuldades envolvidas.

Além disso, "Filhos de sangue" foi um esforço para acalmar um antigo medo meu. Eu ia viajar para a Amazônia peruana para fazer pesquisas para meus livros da série Xenogênese (*Despertar*, *Ritos de passagem* e *Imago*) e estava preocupada com minhas possíveis reações a alguns dos insetos da região. Eu me preocupava especialmente com a mosca-varejeira, um inseto com hábitos que, na época, me pareciam de filmes de terror. Não faltavam varejeiras na parte do Peru que eu pretendia visitar.

A varejeira põe seus ovos em ferimentos deixados pelas picadas de outros insetos. Achei a ideia de uma larva vivendo e crescendo sob minha pele, comendo minha carne enquanto crescia, tão intolerável, tão assustadora, que não sabia como poderia suportar aquilo se acontecesse comigo. Para piorar, todas as coisas que ouvi e li tinham conselhos para que as vítimas da varejeira não tentassem se livrar de suas passageiras clandestinas até que voltassem para os Estados Unidos e pudessem ir a um médico, ou até que a mosca completasse o estágio larval de seu ciclo de desenvolvimento, se arrastasse para fora de seu hospedeiro e saísse voando.

O problema era que fazer o que parecia normal, espremer a larva e jogá-la fora, era um convite a uma infecção. Se for espremida ou retirada, a larva fica literalmente ligada a seu hospedeiro, porque deixa uma parte de si para trás. A parte deixada, é claro, morre e apodrece, causando uma infecção. Encantador.

Quando tenho que lidar com algo que me perturba tanto quanto a varejeira perturbou, escrevo. Resolvo meus problemas escrevendo sobre eles. Eu me lembro de, em uma aula do ensino médio, em 22 de novembro de 1963, pegar meu caderno e começar a escrever minha reação à notícia do assassinato de John Kennedy.

Quer eu escreva páginas de um diário, um ensaio, um conto, ou desenvolva a trama dos meus problemas em um romance, considero que a escrita me ajuda a superar o problema e seguir com minha vida. Escrever "Filhos de sangue" não me fez gostar das moscas-varejeiras, mas, por algum tempo, fez com que elas parecessem mais interessantes do que assustadoras.

Tem mais uma coisa que tentei fazer em "Filhos de sangue". Tentei escrever uma história sobre pagar o aluguel, uma história sobre uma colônia isolada de seres humanos em um mundo habitado, fora do sistema solar. Na melhor das hipóteses, os reforços demorariam uma vida inteira para chegar. Não seria o Império Britânico no espaço, e não seria um episódio de *Star Trek*. Cedo ou tarde, os humanos teriam que estabelecer algum tipo de acordo com seus... ahn... anfitriões. As probabilidades eram de que fosse um acordo incomum. Quem sabe o que nós, humanos, poderíamos oferecer em troca de um espaço habitável em um mundo diferente do nosso?

O ENTARDECER, A MANHÃ E A NOITE

Quando eu tinha quinze anos e tentei provar minha independência descuidando de minha dieta, meus pais me levaram a uma ala hospitalar da doença de Duryea--Gode. Eles queriam que eu percebesse para onde estava me encaminhando se não fosse cuidadosa. Na verdade, era para onde eu me encaminharia de qualquer maneira. A questão era apenas *quando*: agora ou mais tarde. Meus pais estavam votando por "mais tarde".

Não vou descrever a ala. Basta dizer que, quando me trouxeram para casa, cortei os pulsos. Fiz o serviço completo, à antiga moda romana, em uma banheira de água quente. Quase consegui. Meu pai deslocou o ombro ao derrubar a porta do banheiro. Ele e eu nunca nos perdoamos por aquele dia. A doença o levou quase três anos depois, pouco antes de eu ir embora para fazer faculdade. Foi de repente. Nem sempre acontece dessa maneira. Muitas pessoas percebem (ou seus parentes percebem) que estão começando a desvairar e fazem um acordo com a instituição que escolheram. Pessoas que são descobertas e resistem a ir podem ser confinadas por uma semana para observação. Não duvido que esse período de observação destrua algumas famílias. Mandar alguém para algo que acaba sendo um alarme falso... Bem, não é o tipo de coisa que a vítima está propensa a perdoar ou esquecer. Por outro lado, não mandar alguém a tempo, deixando passar os sinais ou deixando a pessoa ter acessos de repente, é sempre perigoso para a vítima. Mas nunca ouvi dizer que isso terminou tão mal quanto na minha família. Em geral, quando chega a hora, as pessoas só ferem a si mesmas. A menos que alguém seja idiota o bastante para tentar lidar com elas sem os medicamentos e imobilizadores necessários.

Meu pai matou minha mãe e depois se matou. Eu não estava em casa quando aconteceu. Tinha ficado na escola até mais tarde, ensaiando para a formatura. Quando cheguei em casa, vi policiais por toda parte. Havia uma ambulância e dois atendentes estavam empurrando alguém em uma maca, alguém que estava coberto. Mais do que coberto. Quase... ensacado.

Os policiais não quiseram me deixar entrar. Só descobri depois o que tinha acontecido. Gostaria de não ter descoberto nunca. Papai matou mamãe, depois tirou toda a pele dela. Ao menos era como eu espero que tenha acontecido. Quer dizer, eu espero que ele a tenha matado antes. Ele quebrou algumas das costelas dela e alcançou o coração. Cavando.

Depois começou a se rasgar, através da pele e do osso, cavando. Conseguiu chegar ao próprio coração antes de morrer. Foi um exemplo particularmente ruim do que faz as pessoas terem medo de nós. Era o que nos colocava em encrenca por espremermos uma espinha ou mesmo por sonharmos acordados. Era o que inspirava leis restritivas, criava problema nos empregos, residências e escolas... A Fundação para a Doença de Duryea-Gode gastou milhões para dizer ao mundo que pessoas como meu pai não existem.

Passado muito tempo, quando estava recuperada na medida do possível, fui para a faculdade, para a Universidade do Sul da Califórnia, com uma bolsa Dilg. O Dilg é um retiro para onde se tenta encaminhar os parentes DDG não controlados. É administrado por DDGs controlados, como eu, como meus pais quando estavam vivos. Só Deus sabe como um DDG controlado aguenta isso. Enfim, o lugar tem uma lista quilométrica de espera. Meus pais me colocaram nela depois da minha tentativa de suicídio. Era provável que eu estivesse morta quando meu nome chegasse ao topo.

Não sei dizer por que fui para a faculdade, exceto pelo fato de que tinha estudado a vida toda e não sabia o que mais poderia fazer. Não fui com nenhuma expectativa em particular. Droga, eu sabia o que me esperava no fim da linha. Só estava passando o tempo. Tudo que eu fazia era apenas passar o tempo. Se pessoas pareciam dispostas a me pagar para estudar e passar o tempo, por que não?

A parte esquisita era que eu me dedicava, tirava as notas mais altas. Se você se esforça o bastante em alguma coisa que não tem importância, consegue se esquecer das coisas que importam.

Às vezes eu pensava em tentar suicídio outra vez. Como tive coragem aos quinze anos e agora não tinha? Pai e mãe DDG, ambos religiosos, ambos tão contrários ao aborto quanto ao suicídio. Confiaram em Deus e nas promessas da medicina moderna e tiveram uma filha. Mas como eu poderia olhar para o que aconteceu com eles e confiar em algo?

Eu estudei biologia. Os não DDGs dizem que algo em nossa doença nos torna bons em ciências: genética, biologia molecular, bioquímica... Era o terror. Terror e uma espécie de desesperança propulsora. Alguns de nós se davam mal, tornando-se destrutivos muito antes do que deveriam. Sim, produzimos uma boa cota de criminosos. Por outro lado, alguns se davam espetacularmente bem, entrando para a história médica e científica. Estes últimos mantinham as portas abertas, ao menos em parte, para o restante de nós. Fizeram descobertas genéticas, encontraram cura para algumas doenças raras, fizeram avanços contra outras doenças que não eram tão raras, incluindo, o que é irônico, algumas formas de câncer. Mas não descobriram nada para ajudar a si mesmos. Não houve nada de novo desde os últimos aprimoramentos na dieta, e estes vieram pouco antes de eu nascer. Assim como nos incentivaram a seguir a nova dieta, eles encorajaram mais DDGs a terem filhos. Esperava-se que fizessem pelos DDGs o que a insulina fez pelos diabéticos: nos dar uma expectativa de vida normal ou próxima do normal. Talvez tenha funcionado para alguém em algum lugar. Não funcionou para ninguém que eu conhecesse.

O ambiente da faculdade de biologia era uma chatice, conforme o esperado. Eu não comia mais em público, não gostava do modo como as pessoas olhavam para meus biscoitos, que ganharam o astuto apelido de "petiscos de cachorro" em todas as escolas que frequentei. Era de se imaginar que estudantes universitários fossem mais criativos. Eu não gostava do modo como as pessoas se afastavam de mim quando avistavam meu emblema. Comecei a usá-lo em uma corrente no pescoço e a colocá-lo por dentro da blusa, mas as pessoas o notavam mesmo assim. Pessoas que não comiam em público, que não bebiam nada mais interessante do que água, que não fumavam absolutamente nada... Pessoas assim são suspeitas. Ou, melhor dizendo, fazem as outras levantarem suspeitas. Mais cedo ou mais tarde, uma dessas pessoas, ao notar meus dedos e meus pulsos sem adornos, fingiria interesse em minha corrente. Já poderia ser o bastante.

Eu não podia esconder o emblema na minha bolsa. Se algo acontecesse comigo, o pessoal do atendimento médico precisava vê-lo a tempo de evitar ministrar medicações que provavelmente usariam em uma pessoa normal. Não era apenas a comida comum que precisávamos evitar, mas cerca de um quarto dos remédios mais amplamente utilizados. De vez em quando, ouviam-se novos relatos de pessoas que paravam de portar seus emblemas, tentando ser vistas como normais. Até que sofriam um acidente. Quando alguém percebia que havia alguma coisa errada, era tarde demais. Por isso eu usava meu emblema. De um jeito ou de outro, as pessoas conseguiam avistá-lo ou recebiam a notícia de alguém que o tinha visto.

— Ela é!

Sim.

No começo do meu terceiro ano, quatro outros DDGs e eu decidimos alugar uma casa juntos. Tínhamos nos cansado de ser tratados como leprosos 24 horas por dia. Havia um estudante de inglês. Ele queria ser escritor e contar a nossa história do ponto de vista interno, o que só tinha sido feito umas trinta ou quarenta vezes antes. Havia uma aluna de educação especial que tinha a esperança de que pessoas com deficiência a aceitassem mais facilmente do que as pessoas sem deficiência. Um estudante do preparatório para medicina que planejava seguir na área de pesquisa. Por fim, uma aluna de química que, na verdade, não sabia o que queria fazer.

Dois homens e três mulheres. Tudo o que tínhamos em comum era nossa doença, além de uma estranha combinação de obstinação em relação a tudo que estivéssemos fazendo por ora com um cinismo desesperançoso em relação a todo o resto.

Pessoas saudáveis dizem que ninguém consegue se concentrar como um DDG. Pessoas saudáveis têm todo o tempo do mundo para generalizações estúpidas e atenção de curta duração.

Fazíamos nossas tarefas, saíamos para tomar ar de vez em quando, comíamos nossos biscoitos e assistíamos às aulas. Nosso único problema era a limpeza da casa. Criamos uma escala de quem ia limpar o que e quando, quem ia cuidar do jardim, sei lá. Concordamos com aquilo. E então, exceto quanto a mim, todo mundo pareceu esquecer o combinado. Eu me vi indo de um lado para o outro lembrando as pessoas de passarem o aspirador, limparem o banheiro, cortarem a grama... Entendi que todos logo me odiariam, mas eu não seria a criada deles e não ia viver na imundície. Ninguém reclamou. Ninguém sequer pareceu irritado. Eles simplesmente saíam de seu estupor acadêmico, limpavam, esfregavam, cortavam a grama e regressavam a ele. Adquiri o hábito de circular à noite para lembrar as pessoas. E isso não me incomodava, desde que não os incomodasse.

— Como você se tornou a governanta? — perguntou um DDG que veio nos visitar.

Encolhi os ombros.

— Quem se importa? A casa funciona.

E funcionava. Funcionava tão bem que esse cara novo quis se mudar para lá. Era amigo de um dos outros, outro aluno do preparatório de medicina. Nada feio.

— Então, posso vir ou não? — perguntou ele.

— Por mim, pode — respondi.

Fiz o que o amigo dele deveria ter feito: apresentei-o e, depois que ele saiu, conversei com os outros para garantir que ninguém tinha nenhuma objeção concreta. Ele pareceu se encaixar perfeitamente. Esqueceu-se de limpar o vaso sanitário e de cortar a grama, exatamente como os outros. O nome dele era Alan Chi. Pensei que Chi era um nome chinês e fiquei curiosa. Mas Alan me contou que seu pai era nigeriano e que em igbo a palavra significava um tipo de anjo da guarda ou deus particular. Contou que seu deus não cuidou muito bem dele para deixá-lo nascer de pai e mãe DDG. Como eu.

No começo, acho que não foi muito mais do que essa semelhança que nos aproximou. Claro, eu gostava da aparência dele, mas estava acostumada a gostar da aparência de alguém e vê-lo fugir bem depressa quando descobria quem eu era. Levou um tempo para eu me acostumar com o fato de que Alan não iria a parte alguma.

Contei a ele sobre minha visita à ala DDG quando eu tinha quinze anos e sobre minha tentativa de suicídio logo depois. Nunca havia contado isso para outra pessoa. Fiquei surpresa pelo modo como contar a ele me deixou aliviada enquanto a reação dele, não sei por quê, não me surpreendeu.

— Por que você não tentou outra vez? — perguntou ele. Estávamos sozinhos na sala.

— No começo, por causa dos meus pais — respondi. — Meu pai em particular. Não podia fazer aquilo com ele de novo.

— E depois?

— Medo. Inércia.

Ele concordou com um movimento de cabeça.

— Quando eu tentar, será sem meias-medidas. Sem ser resgatado, sem acordar em um hospital depois.

— Você pretende fazer isso?

— No dia em que eu perceber que comecei a desvairar. Graças a Deus recebemos alguns avisos.

— Não necessariamente.

— Recebemos, sim. Eu li muito. Até conversei com uns médicos. Não acredite nos boatos que os não DDG inventam.

Olhei para o outro lado, observando a lareira cheia de marcas, vazia. Contei a ele exatamente como meu pai morreu, outra coisa que nunca tinha contado a ninguém por livre e espontânea vontade.

Ele deu um suspiro.

— Jesus!

Nós nos olhamos.

— O que você vai fazer? — perguntou ele.

— Não sei.

Ele estendeu para mim uma mão escura, forte; eu a peguei e me aproximei dele. Era um homem de pele escura, forte: tinha a minha altura, uma vez e meia meu peso e nada de gordura. Era tão amargo, às vezes, que me dava medo.

— Minha mãe começou a desvairar quando eu tinha três anos — disse ele. — Meu pai só durou mais alguns meses. Ouvi dizer que ele morreu uns dois anos depois de ir para o hospital. Se os dois tivessem alguma noção teriam me abortado no instante em que minha mãe descobriu que estava grávida. Mas ela queria um filho, custasse o que custasse. E era católica. — Ele balançou a cabeça. — Droga, eles deveriam aprovar uma lei para esterilizar muitos de nós.

— Eles? — perguntei.

— Você quer ter filhos?

— Não, mas...

— Outros como nós para terminar roendo os dedos em alguma ala para DDGS.

— Eu não quero filhos, mas não quero alguém me dizendo que não posso tê-los.

Ele fixou o olhar em mim até que comecei a me sentir idiota, na defensiva. E me afastei dele.

— Você quer outra pessoa dizendo o que fazer com o seu corpo? — perguntei.

— Não precisa — respondeu. — Cuidei disso assim que tive idade suficiente.

Isso me deixou boquiaberta. Eu tinha pensado em esterilização. Que DDG não tinha? Mas não conhecia mais ninguém da minha idade que tivesse concretizado aquilo. Seria como matar uma parte de si, mesmo que não fosse uma parte que você tivesse intenção de usar. Matar uma parte sua quando grande parte já estava morta.

— A maldita doença pode ser eliminada em uma geração — disse ele —, mas as pessoas ainda são animais quando se trata de procriação. Ainda seguem com seus impulsos impensados, como cães e gatos.

Meu impulso era de me levantar e ir embora, deixá-lo chafurdar sozinho em sua amargura e depressão. Mas fiquei. Ele parecia ter uma vontade de viver ainda menor do que a minha.

— Você está ansioso para fazer pesquisa? — investiguei. — Acredita que será capaz de...?

— Não. — Eu pisquei. A palavra tinha o som mais frio e sem vida que eu já ouvi. — Não acredito em nada.

Eu o levei para a cama. Era o único outro DDG de pai e mãe que eu conhecia. Se ninguém fizesse nada por ele, não viveria por muito mais tempo. Não podia simplesmente deixá-lo escapar. Por um tempo, talvez pudéssemos ser, um para o outro, a razão para continuarmos vivos.

Ele era bom aluno, pelo mesmo motivo que eu. E parecia perder um pouco da sua amargura à medida que o tempo passava. Ficar perto dele me ajudou a entender por que, contra todo o bom senso, dois DDGs se prendem um ao outro e começam a falar em casamento. Quem mais iria nos querer?

De qualquer forma, provavelmente não sobreviveríamos por muito tempo. Atualmente a maioria dos DDGs chega até os quarenta, no mínimo. Por outro lado, a maioria deles não tem pai e mãe DDG. Por mais brilhante que Alan fosse, ele não poderia entrar na faculdade de medicina, devido à dupla hereditariedade. Óbvio que ninguém diria a ele que seus genes ruins o impediam, mas nós dois sabíamos as chances que ele tinha. Melhor dar preferência à formação de médicos que vão viver tempo o bastante para usar o que aprenderam.

A mãe de Alan tinha sido mandada para o Dilg. Ele não conseguiu vê-la nem foi capaz de obter dos avós qualquer informação sobre ela enquanto morou com a família. Quando se mudou para fazer o curso preparatório, parou de fazer perguntas. Talvez ouvir a respeito de meus pais o tenha feito recomeçar. Eu estava junto quando ele telefonou para o Dilg. Até aquele momento, Alan não sabia se a mãe estava viva. Por incrível que pareça, estava.

— O Dilg deve ser bom — falei, quando ele desligou. — Normalmente as pessoas não... quer dizer...

— É, eu sei — disse ele. — Normalmente as pessoas não vivem muito uma vez que não estão sendo controladas. O Dilg é diferente. — Tínhamos ido para o meu quarto, onde ele virou o espaldar de uma cadeira ao contrário e se sentou. — O Dilg é o que os outros lugares deveriam ser, se você conseguir acreditar nos folhetos.

— O Dilg é uma gigantesca ala DDG — respondi. — É mais rico, provavelmente melhor em conseguir doações, e é administrado por pessoas que podem contar que se tornarão pacientes um dia. Fora isso, o que tem de diferente?

— Eu li a respeito — disse ele. — Você também deveria ler. Eles têm alguns tratamentos novos. Não se limitam a confinar as pessoas para morrerem, como os outros.

— O que mais se pode fazer com eles? Com a gente.

— Não sei. Parece que eles têm algum tipo de... oficina para os assistidos. Eles colocam os pacientes para produzirem coisas.

— Uma droga nova para controlar a tendência à autodestruição?

— Acho que não. Teríamos ouvido a respeito.

— O que mais poderia ser?

— Vou descobrir. Você vai comigo?

— Você vai até lá para ver sua mãe.

Ele deu um suspiro de cansaço.

— É. Você vai comigo?

Fui até uma de minhas janelas e contemplei as plantas. No quintal, nós as deixávamos crescer. Na frente, nós as podávamos, junto com os poucos tufos de grama.

— Eu já lhe contei minha experiência na ala DDG.

— Você não tem mais quinze anos. E o Dilg não é nenhum zoológico.

— Tem que ser, não importa o que dizem ao público. Não sei se conseguiria suportar.

Ele se levantou e veio para perto de mim.

— Você vai tentar?

Eu não respondi. Voltei minha atenção para os nossos reflexos no vidro da janela, nós dois juntos. Parecia a coisa certa, dava a sensação de ser a coisa certa. Ele colocou o braço em volta de mim e me recostei nele. Estarmos juntos tinha sido tão bom para mim quanto parecia ter sido para ele. Aquilo me deu motivo para ir além da inércia e do medo. Sabia que iria com ele. Parecia a coisa certa a fazer.

— Não posso dizer como vou agir quando chegarmos lá — eu disse.

— Também não posso dizer como vou agir — ele admitiu. — Principalmente... quando eu olhar para ela.

Ele marcou a visita para a tarde do sábado seguinte. As pessoas agendam as visitas ao Dilg, a menos que sejam algum tipo de fiscal do governo. Esse é o costume, e o Dilg funciona bem dessa maneira.

 Saímos de Los Angeles, sob chuva, na manhã de sábado. A chuva nos acompanhou ao longo da costa até Santa Barbara. O Dilg estava escondido nas colinas, não muito longe de San Jose. Poderíamos ter chegado mais depressa pegando a I-5, mas nenhum de nós estava com espírito para toda aquela desolação. Por isso, chegamos a uma da tarde e fomos recebidos no portão por dois vigias armados. Um deles interfonou para o prédio principal e confirmou nossa visita. Depois, assumiu o volante no lugar de Alan.

 — Desculpe — disse o vigia —, mas ninguém tem permissão para entrar sem um acompanhante. Vamos encontrar a guia de vocês na garagem.

 Nada disso me surpreendeu. O Dilg é um lugar onde não apenas os pacientes, mas boa parte dos funcionários tem DDG.

 Uma prisão de segurança máxima não seria tão potencialmente perigosa. Por outro lado, nunca ouvi falar de alguém que tenha sido mordido ali. Hospitais e casas de repouso tinham acidentes. O Dilg não. Era uma propriedade linda, antiga. Do tipo que não faz sentido nessa época de altos impostos. Tinha pertencido à família Dilg. Petróleo, produtos químicos e farmacêuticos. Por ironia, tinham sido proprietários até de parte dos Laboratórios Hedeon, falidos sem deixar saudade. Fizeram um breve e lucrativo investimento na Hedeonco: a fórmula mágica, a cura para um grande percentual do câncer do mundo e de várias doenças virais, e a causa da doença de Duryea-Gode. Se um de seus pais tivesse sido tratado um dia com Hedeonco e sua concepção acontecesse depois do tratamento, você teria DDG. Se você tivesse filhos, passaria a doença para eles. Nem todo mundo era afetado da mesma maneira. Nem todos cometiam suicídio ou assassinato, mas todos, se pudessem, se mutilavam em algum grau. E todos desvairavam, isolavam-se em um mundo próprio e paravam de reagir ao que os cercava.

De qualquer maneira, em sua geração, apenas um filho de Dilg teve a vida salva pelo Hedeonco. Ele viu seus quatro filhos morrerem antes que os médicos Kenneth Duryea e Jan Gode aparecessem com um entendimento satisfatório do problema e uma solução parcial: a dieta. Eles ofereceram a Richard Dilg uma maneira de manter vivos os filhos que nascessem depois. Ele cedeu sua imensa propriedade, difícil de manter, para o cuidado dos pacientes DDG.

Por isso o prédio principal era uma mansão antiga e vistosa. Havia prédios mais novos, mais parecidos com hospedarias do que com edifícios de uma instituição. E havia colinas arborizadas por toda a volta. Um campo bonito. Verde. O oceano não ficava longe. Tinha uma antiga garagem e um pequeno estacionamento. Ali, uma mulher alta e idosa nos aguardava. Nosso vigia parou perto dela, nos deixou sair e, depois, estacionou o carro na garagem meio vazia.

— Olá — disse a mulher, estendendo a mão. — Sou Beatrice Alcantara.

A mão era fria, seca, impressionantemente forte. Pensei que a mulher era DDG, mas a idade dela me confundiu. Parecia ter uns sessenta anos, e eu nunca tinha visto um portador dessa idade. Não sei por que achei que fosse DDG. Se era, devia ter sido um caso experimental, uma das primeiras a sobreviver.

— Doutora ou senhora? — perguntou Alan.

— Beatrice — respondeu ela. — Sou médica, mas por aqui não usamos muito os títulos.

Olhei para Alan, fiquei surpresa em vê-lo sorrindo para ela. Alan tinha a tendência de deixar passar muito tempo entre um sorriso e outro. Olhei para Beatrice e não consegui ver nada ali que o levasse a sorrir. Enquanto nos apresentávamos, percebi que não gostei dela. Também não conseguia ver um motivo para isso, mas sentimento é sentimento. Não gostei dela.

— Suponho que nenhum de vocês esteve aqui antes — disse ela, sorrindo e nos olhando de cima. Ela tinha pelo menos um metro e oitenta de altura e a postura ereta.

Balançamos a cabeça.

— Vamos pela entrada da frente, então. Quero preparar vocês para o que vamos fazer aqui. Não quero que acreditem que vieram a um hospital.

Eu franzi a testa, imaginando o que mais havia para acreditar. Dilg era chamado de retiro, mas que diferença faziam os nomes?

De perto, a casa parecia um prédio público de estilo antigo: grandiosa, com a fachada barroca e uma torre única com o domo que se erguia três andares acima da casa de três andares. As alas da casa se estendiam por certa distância, à direita e à esquerda da torre, e depois formavam quinas que se estendiam em ângulo reto por uma distância duas vezes maior. As portas da frente eram imensas, um conjunto de ferro forjado e outro de madeira pesada. Nenhuma delas parecia estar trancada. Beatrice puxou a porta de ferro, empurrou a de madeira, e fez um gesto para entrarmos.

Dentro da casa havia um museu de arte enorme, de pé-direito alto e ladrilhado. Havia colunas de mármore nas quais se achavam esculturas ou de onde pendiam quadros. Havia outras esculturas, colocadas próximas aos cômodos.

Em uma das extremidades dos cômodos havia uma ampla escadaria que conduzia a uma galeria que os circundava. Lá, havia mais arte em exposição.

— Tudo isso foi feito aqui — disse Beatrice. — Alguns deles são até vendidos. A maioria vai para galerias da região da Baía de São Francisco ou do entorno de Los Angeles. Nosso único problema é produzir um volume excessivo.

— Você quer dizer que os pacientes fizeram isso? — perguntei.

A mulher idosa assentiu.

— Isso e muito mais. As pessoas aqui trabalham em vez de se dilacerarem ou olharem para o nada. Uma delas inventou as fechaduras PV que protegem este lugar. Embora eu quase chegue a desejar que não as tivesse inventado. Isso está atraindo a atenção do governo mais do que gostaríamos.

— Que tipo de fechadura? — perguntei.

— Desculpe. Impressão da palma e timbre de voz. A primeira e a melhor. Temos a patente.

Ela olhou para Alan.

— Você gostaria de ver o que a sua mãe faz?

— Espere um minuto — disse ele. — Você está nos dizendo que DDGs não controlados produzem arte e inventam coisas?

— E aquela fechadura — falei. — Nunca ouvi falar de nada assim. Eu nem enxerguei uma fechadura.

— A fechadura é nova — disse Beatrice. — Saíram algumas matérias recentes sobre ela. Não é o tipo de coisa que a maioria das pessoas compra para suas casas. Muito cara. Então o interesse é reduzido. As pessoas tendem a enxergar o que é feito no Dilg do modo como enxergam os esforços dos portadores de savantismo, da síndrome do idiota-prodígio. Interessante, incompreensível, mas não importante de verdade.

Aqueles que estão propensos a se interessar pela fechadura e são capazes de comprá-la têm conhecimento dela. — Ela inspirou fundo e se dirigiu outra vez a Alan. — Ah, sim, os DDGS criam coisas. Pelo menos aqui eles criam.

— DDGS não controlados.

— Sim.

— Esperava encontrá-los trançando cestos ou coisa assim, no máximo. Sei como são as alas para DDGS.

— Eu também — disse Beatrice. — Sei como são nos hospitais, e sei como é aqui. — Ela agitou a mão na direção de uma pintura abstrata que parecia uma foto da nebulosa de Órion que vi uma vez. A escuridão rompida por uma grande nuvem de luz e cor. — Aqui podemos ajudá-los a canalizar suas energias. Podem criar algo bonito, útil, até mesmo algo sem valor. Mas criam. Não destroem.

— Por quê? — Alan quis saber. — Não pode ser nenhuma droga. Teríamos ouvido falar.

— Não é uma droga.

— Então, o que é? Por que outros hospitais não...

— Alan — disse Beatrice. — Espere.

Ele ficou parado, franzindo o rosto para ela.

— Você quer ver sua mãe?

— Óbvio que quero vê-la!

— Ótimo. Venha comigo. As coisas vão se esclarecer por si mesmas.

Ela nos conduziu a um corredor diante de escritórios onde pessoas conversavam umas com as outras, acenavam para Beatrice, trabalhavam em computadores... Poderiam estar em qualquer lugar. Eu me perguntei quantas delas eram DDGS controladas. Também me perguntei que tipo de jogo a mulher idosa estava jogando, com seus segredos.

Passamos por salas tão bonitas e mantidas com tanta perfeição que era óbvio que raramente eram usadas. Então, diante de uma porta ampla e pesada, ela nos deteve.

— Olhem para o que quiserem quando entrarmos — falou. — Mas não toquem em nada nem em ninguém. E lembrem-se de que algumas das pessoas que vão ver feriram a si mesmas antes de virem até nós. Ainda carregam as cicatrizes desses ferimentos. Algumas dessas cicatrizes podem ser difíceis de olhar. Mas vocês não correm perigo algum. Tenham isso em mente. Ninguém vai machucar vocês.

Ela abriu a porta e fez um gesto para entrarmos.

As cicatrizes não me incomodavam muito. As deficiências não me incomodavam. Era o ato de automutilação que me assustava. Alguém atacando o próprio braço como se fosse um animal. Alguém que dilacerasse a si mesmo, que estivesse confinado ou drogado por tanto tempo que mal lhe restasse uma feição humana reconhecível, mas que ainda estivesse tentando, com o pouco que lhe restava, dilacerar a própria carne. Essas são algumas das coisas que vi na ala DDG quando eu tinha quinze anos. E, mesmo naquela época, eu poderia tê-las suportado melhor se não tivesse me sentido como se olhasse para uma espécie de espelho temporal.

Não estava consciente ao atravessar aquela porta. Não teria pensado que podia fazer aquilo. Mas a mulher idosa disse algo e eu me vi do outro lado da porta, que estava se fechando atrás de mim. Eu me virei para encará-la.

Ela colocou a mão no meu braço.

— Está tudo bem — disse ela baixinho. — Para muita gente, aquela porta parece uma parede.

Repelida pelo toque dela, eu me afastei, fiquei fora de seu alcance. O aperto de mãos fora o suficiente, pelo amor de Deus.

Algo nela parecia chamar atenção quando me observava. E fazia com que parecesse ainda mais ereta. Deliberadamente, mas sem parecer ter um motivo, ela caminhou na direção de Alan, tocou-o do modo como as pessoas fazem às vezes, quando passam por você, uma espécie de "com licença" tátil. Naquele amplo corredor vazio, era totalmente desnecessário. Por algum motivo, ela queria tocá-lo. E queria que eu visse. O que ela pensava que estava fazendo? Flertando, na idade dela? Olhei-a com ódio e me vi reprimindo um impulso irracional de empurrá-la para longe dele. A violência do impulso me impressionou.

Beatrice sorriu e desviou o olhar.

— Por aqui — disse ela. Alan colocou o braço em volta de mim e tentou me conduzir.

— Espere um minuto — falei, sem sair do lugar.

Beatrice olhou para trás.

— O que foi que acabou de acontecer? — perguntei.

Estava preparada para que ela mentisse, dissesse que não acontecera nada, fingisse não saber do que eu estava falando.

— Você tem planos de estudar medicina? — perguntou ela.

— O quê? O que isso tem a ver com...

— Estude medicina. Você pode ser capaz de fazer um grande bem.

Ela se afastou a passos largos, para que tivéssemos que nos apressar para acompanhá-la, e nos conduziu para uma sala onde algumas pessoas trabalhavam em terminais de computadores e outras, com lápis e papel. Seria uma cena comum, exceto pelo fato de metade das pessoas terem o rosto parcialmente destruído ou apenas uma mão, ou perna, ou cicatrizes evidentes. Mas estavam todas controladas agora. Estavam trabalhando. Tinham um propósito, mas não o da autodestruição. Não havia nenhuma que estivesse dilacerando ou rasgando a própria carne. Quando atravessamos aquela sala e entramos em uma menor, uma sala de visitas muito adornada, Alan agarrou o braço de Beatrice.

— O que é? — Ele quis saber. — O que fazem com elas?

Ela afagou a mão dele, me deixando muito irritada.

— Eu vou explicar para você — disse. — Quero que você saiba. Mas quero que veja sua mãe primeiro.

Para minha surpresa, ele concordou com um movimento de cabeça e desistiu.

— Sentem-se por um momento — ela falou para nós dois.

Nós nos sentamos em poltronas confortáveis, cujos revestimentos combinavam. Alan parecia razoavelmente relaxado. O que será que havia na mulher idosa que o relaxava, mas me deixava nervosa? Talvez Beatrice fizesse com que ele se lembrasse da avó ou coisa assim. Ela não me fazia lembrar de ninguém. E o que fora aquela bobagem de estudar medicina?

— Eu quis que passassem por pelo menos uma das salas de trabalho antes de conversarmos sobre sua mãe, e sobre vocês dois. — Ela virou o rosto para me encarar. — Você teve uma experiência ruim em um hospital ou casa de repouso?

Desviei os olhos dela, sem querer pensar naquilo. Será que as pessoas naquele escritório falsificado não tinham sido uma lembrança suficiente? Escritório de filme de terror. Escritório de pesadelo.

— Está tudo bem — disse Beatrice. — Não precisa entrar em detalhes. Apenas me faça um resumo.

Obedeci, devagar, contra minha vontade, enquanto me perguntava por que estava fazendo aquilo.

Ela assentiu, sem demonstrar surpresa.

— É duro, pessoas adoráveis, seus pais. Eles estão vivos?

— Não.
— Os dois eram DDG?
— Sim, mas... sim.
— Naturalmente, além do horror de sua experiência no hospital e das implicações que tiveram no futuro, o que mais impressionou você na ala? — Eu não sabia o que responder. O que ela queria? Por que queria algo de mim? Ela deveria estar preocupada com Alan e a mãe dele. — Você viu pessoas que não estavam imobilizadas?

— Sim — murmurei. — Uma mulher. Não sei como aconteceu, ela estava solta. Correu até nós e trombou com meu pai sem abalá-lo. Ele era um homem grande. Ela ricocheteou para trás, caiu e... começou a se rasgar. Mordeu o próprio braço e... engoliu a carne que arrancou. Dilacerou a ferida com as unhas da outra mão. Ela... Eu gritei para ela parar. — Envolvi meu corpo com meus braços, lembrando-me da jovem, coberta de sangue, canibalizando a si mesma, deitada aos nossos pés, cavando a própria carne. Cavando. — Elas se esforçam tanto, lutam tanto para escapar.

— Escapar do quê? — Alan quis saber.

Olhei para ele, quase sem enxergá-lo.

— Lynn — disse ele. — Escapar do quê?

Balancei minha cabeça.

— Das amarras, da doença, da ala, de seus corpos...

Ele olhou para Beatrice, depois falou comigo outra vez.

— A garota falou?

— Não. Ela gritou.

Ele desviou os olhos de mim, incomodado.

— Isso é importante? — perguntou a Beatrice.

— Muito — respondeu ela.

— Bom... podemos falar disso depois de ver a minha mãe.

— Agora e depois. — Ela se dirigiu a mim. — A garota parou o que estava fazendo quando você disse para ela parar?
— As enfermeiras a levaram um minuto depois. Não teve importância.
— Teve importância. Ela parou?
— Sim.
— De acordo com as publicações especializadas, elas raramente reagem a alguém — disse Alan.
— É verdade. — Beatrice deu um sorriso triste para ele. — Mas sua mãe provavelmente vai reagir a você.
— Vai? — Ele olhou outra vez para o escritório do pesadelo. — Ela está tão controlada como aquelas pessoas?
— Sim, mas nem sempre esteve. Sua mãe agora trabalha com argila. Ela adora formas, texturas e...
— Ela está cega — Alan falou, expressando a suspeita como se fosse fato. As palavras de Beatrice tinham levado meus pensamentos na mesma direção. Beatrice hesitou.
— Sim — disse ela, por fim. — E pelo... motivo habitual. Eu tinha a intenção de prepará-lo aos poucos.
— Eu li muita coisa.
Eu não tinha lido tanto, mas sabia qual era o motivo habitual. A mulher arrancou, rasgou ou destruiu os olhos de alguma maneira. Ela estaria com cicatrizes severas. Eu me levantei e fui me sentar no braço da poltrona de Alan. Pousei minha mão em seu ombro e ele esticou o braço para cima e a segurou.
— Podemos vê-la agora, por favor? — perguntou ele.
Beatrice se levantou.
— Por aqui — disse ela.
Passamos por outras salas de trabalho. Pessoas pintavam, montavam máquinas, esculpiam madeira, pedra... até

compunham e tocavam música. Quase ninguém nos notou. Quanto a isso, os pacientes eram fiéis à doença. Não estavam nos ignorando. Nitidamente não sabiam que existíamos. Apenas alguns poucos vigias DDG controlados se revelaram ao acenar ou falar com Beatrice. Observei uma mulher trabalhando, de modo rápido e inteligente, com uma serra elétrica. Claramente compreendia os perímetros de seu corpo, não estava tão dissociada a ponto de pensar que estava presa em algo de onde precisava se esforçar para sair. O que o Dilg tinha feito com aquelas pessoas que outros hospitais não faziam? E como o Dilg conseguia ocultar esse tratamento dos outros?

— Ali produzimos nossos próprios alimentos para a dieta — Beatrice informou, apontando pela janela na direção de uma das hospedarias. — Permitimos uma variedade maior e cometemos menos erros do que os fabricantes comerciais. Nenhuma pessoa comum consegue se concentrar no trabalho como o nosso pessoal consegue.

Virei o rosto.

— O que você está dizendo? Que os preconceituosos têm razão? Que temos um dom especial?

— Sim — disse. — Não chega a ser uma característica ruim, chega?

— É o que as pessoas dizem quando um de nós se sai bem em alguma coisa. É a maneira delas de recusar o crédito por nosso trabalho.

— Sim. Mas às vezes as pessoas chegam às conclusões certas pelos motivos errados. — Contraí os ombros, sem interesse em discutir isso com ela.

— Alan — ela o chamou. Ele olhou para ela. — Sua mãe está na próxima sala.

Ele engoliu em seco, fez um sinal afirmativo com a cabeça. Nós dois a seguimos entrando na sala.

Naomi Chi era uma mulher pequena, com os cabelos ainda escuros, dedos longos e finos, graciosos ao darem forma à argila. O rosto dela estava arruinado. Não apenas os olhos, mas a maior parte do nariz dela e uma orelha tinham desaparecido. O que restou tinha cicatrizes terríveis.

— Os pais dela eram pobres — Beatrice explicou. — Não sei o quanto contaram para você, Alan, mas eles usaram todo o dinheiro que tinham tentando mantê-la em um lugar decente. A mãe dela sentia muita culpa, sabe. Foi ela que teve câncer e tomou a droga... Um dia, tiveram que colocar Naomi em um desses lugares de cuidados assistenciais aprovados pelo governo. Você conhece esse tipo de lugar. Por algum tempo, foi tudo que o governo pôde pagar. Lugares como aquele... bem, às vezes, se os pacientes fossem problemáticos de verdade... principalmente os que continuavam fugindo... eles os colocavam em um quarto vazio e deixavam que dessem fim a si mesmos. As únicas criaturas bem-cuidadas nesses lugares eram vermes, baratas e ratos.

Estremeci.

— Ouvi dizer que ainda existem lugares assim.

— Existem — disse Beatrice. — Continuam abertos graças à ganância e à indiferença. — Ela olhou para Alan. — Sua mãe sobreviveu por três meses em um desses lugares. Eu mesma a tirei de lá. Depois, contribuí para fazer com que aquele lugar, em especial, fosse fechado.

— Você a tirou?

— O Dilg ainda não existia naquela época, mas eu estava trabalhando com um grupo de DDGs controlados em

Los Angeles. Os pais de Naomi ouviram falar de nós e nos pediram para ficar com ela. Na época, muitas pessoas não confiavam em nós. Apenas alguns de nós tínhamos formação médica. Éramos todos jovens, idealistas e ignorantes. Começamos em uma antiga casa de madeira com vazamento no teto. Os pais de Naomi estavam se agarrando a qualquer coisa. E nós também. E, por pura sorte, agarramos uma coisa boa. Fomos capazes de provar nossa capacidade à família Dilg e assumir estes alojamentos.

— Provar o quê? — perguntei.

Ela se virou para olhar para Alan e a mãe dele. Alan estava olhando para o rosto destruído de Naomi, para o tecido da cicatrização, irregular, descolorido. Naomi estava dando forma à imagem de uma mulher idosa com duas crianças. O rosto magro, enrugado, da mulher idosa era extraordinariamente vívido, detalhado de um jeito que parecia impossível para uma escultora cega.

Naomi parecia não perceber nossa presença. Toda a atenção dela permanecia no trabalho. Alan se esqueceu do que Beatrice nos dissera e esticou o braço para tocar o rosto com cicatrizes.

Beatrice deixou aquilo acontecer. Naomi não pareceu notar.

— Se eu atrair a atenção dela para você — Beatrice explicou —, vamos quebrar a rotina dela. Teremos que ficar com ela até ela voltar à rotina sem se machucar. Mais ou menos meia hora.

— Você consegue atrair a atenção dela? — perguntou ele.

— Sim.

— Ela consegue... — Alan engoliu em seco. — Nunca ouvi falar de nada assim. Ela consegue falar?

— Sim. Mas pode escolher não falar. E se falar, será muito devagar.

— Faça. Atraia a atenção dela.
— Ela vai querer tocar em você.
— Tudo bem. Chame-a.

Beatrice pegou as mãos de Naomi e as segurou, paradas, longe da argila úmida. Por alguns segundos, Naomi puxou suas mãos cativas, como se fosse incapaz de compreender por que não se moviam como ela queria.

Beatrice chegou mais perto e falou baixinho:

— Pare, Naomi.

E Naomi ficou imóvel, com o rosto cego voltado para Beatrice em uma atitude de espera atenta. Totalmente concentrada na espera.

— Visita, Naomi.

Depois de alguns segundos, Naomi emitiu um som sem palavras.

Beatrice apontou para Alan ao lado dela e deu a Naomi uma das mãos dele. Dessa vez, não me incomodei quando ela o tocou. Estava muito interessada no que estava acontecendo. Naomi examinou a mão de Alan minuciosamente, depois acompanhou o braço dele até o ombro, o pescoço, o rosto. Segurando o rosto dele entre as mãos, ela fez um som. Pode ter sido uma palavra, mas não consegui entendê-la. Tudo que consegui pensar foi no perigo daquelas mãos. Pensei nas mãos do meu pai.

— O nome dele é Alan Chi, Naomi. Ele é seu filho. — Vários segundos se passaram.

— Filho? — perguntou ela. Desta vez a palavra foi bem nítida, embora os lábios dela tivessem fissuras em muitos lugares que haviam cicatrizado mal. — Filho? — ela repetiu, ansiosa. — Aqui?

— Ele está bem, Naomi. Veio fazer uma visita.

— Mãe? — ele disse.

Ela reexaminou o rosto dele. Alan tinha três anos quando ela começou a desvairar. Não parecia possível que conseguisse encontrar, no rosto dele, alguma coisa de que pudesse recordar. Eu me perguntei se ela se lembrava de que tinha um filho.

— Alan?

Ela descobriu as lágrimas dele e parou. Tocou o próprio rosto, onde deveria haver um olho, e então estendeu a mão outra vez até os olhos dele. Um instante antes de eu agarrar a mão dela, Beatrice fez isso.

— Não! — disse Beatrice, com firmeza.

A mão caiu, flácida, ao lado do corpo de Naomi. O rosto dela se virou para Beatrice como um cata-vento antigo girando. Beatrice acariciou o cabelo dela e Naomi disse algo que quase compreendi. Beatrice olhou para Alan, que estava franzindo o rosto e enxugando as lágrimas.

— Abrace seu filho — disse Beatrice baixinho.

Naomi se virou, tateando, e Alan a segurou em um abraço apertado e demorado. Devagar, os braços dela ficaram em volta dele. Ela disse palavras confusas por causa da boca danificada, mais ou menos compreensíveis.

— Pais? — ela falou. — Meus pais… cuidaram?

Alan a encarou, nitidamente sem entender.

— Ela quer saber se os pais dela cuidaram de você — falei.

Alan olhou para mim, sem convicção, e depois olhou para Beatrice.

— Sim — disse Beatrice. — Ela só quer saber se eles cuidaram de você.

— Cuidaram — respondeu ele. — Cumpriram a promessa que fizeram para você, mãe.

Muitos segundos se passaram. Naomi fez sons que até Alan considerou choro. E ele tentou confortá-la.

— Quem mais está aqui? — perguntou ela, por fim.
Desta vez, Alan olhou para mim. Repeti o que ela tinha dito.
— O nome dela é Lynn Mortimer — respondeu ele. — Eu... — Sem jeito, ele fez uma pausa. — Nós vamos nos casar.
Depois de algum tempo, ela se virou para trás e disse meu nome. Meu primeiro impulso foi me aproximar dela. Não estava assustada ou repugnada por ela, mas, sem motivo algum que eu pudesse explicar, olhei para Beatrice.
— Vá — disse Beatrice. — Mas eu e você teremos que conversar depois.
Fui até Naomi e segurei a mão dela.
— Bea? — disse ela.
— Sou a Lynn — falei, com a voz suave.
Ela deu um suspiro fundo.
— Não — ela disse. — Não, você é...
— Sou a Lynn. Você quer a Bea? Ela está aqui.
Ela não disse nada. Colocou a mão em meu rosto, explorou-o devagar. Deixei-a fazer aquilo, confiante de que conseguiria detê-la se ela se tornasse violenta. Primeiro uma mão, depois as duas, me examinaram, mas com muita delicadeza.
— Você vai se casar com meu filho? — perguntou ela, por fim.
— Sim.
— Que bom. Você vai mantê-lo seguro.
Um manteria o outro seguro, na medida do possível.
— Sim — confirmei.
— Que bom. Ninguém vai aliená-lo de si. Ninguém vai amarrá-lo ou colocá-lo atrás de grades.
A mão dela se desviou para o próprio rosto outra vez, as unhas o penetravam levemente.

— Não — falei, com brandura, pegando sua mão. — Quero que você também fique segura.

A boca se moveu. Acho que sorriu.

— Filho? — ela disse.

Ele a compreendeu, e segurou a mão dela.

— Argila — disse ela. — Lynn e Alan de argila. Bea?

— Claro — disse Beatrice. — Você captou a imagem?

— Não! — Foi a resposta mais rápida que Naomi deu a alguma coisa. Depois, quase como uma criança, ela sussurrou:

— Sim.

Beatrice riu.

— Toque neles outra vez se quiser, Naomi. Eles não se incomodam.

Não nos incomodávamos. Alan fechou os olhos, confiando na delicadeza dela de um modo que eu não conseguia. Não tive dificuldade em aceitar o toque, mesmo que tão próximo dos meus olhos, mas não me iludi. A delicadeza poderia se transformar em um instante. Os dedos de Naomi se contorceram perto dos olhos de Alan. Com medo por ele, falei imediatamente:

— Apenas toque nele, Naomi. Apenas toque.

Ela congelou, fez um som de interrogação.

— Ela está bem — disse Alan.

— Eu sei — respondi, sem acreditar. E ele também ficaria bem, contanto que alguém a vigiasse com muita atenção e extirpasse qualquer impulso pela raiz.

— Filho! — ela disse, com uma alegria possessiva.

Quando o soltou, pediu argila. Não quis mais tocar na escultura da mulher idosa. Beatrice trouxe argila nova para ela, nos deixando ali para acalmá-la e diminuir sua impaciência. Alan começou a reconhecer os sinais do comportamento

destrutivo iminente. Por duas vezes, segurou as mãos dela e disse "não". Ela lutou contra ele até que falei com ela. Quando Beatrice voltou, aconteceu outra vez e Beatrice disse:
— Não, Naomi.
Obediente, Naomi deixou as mãos caírem ao lado do corpo.
— O que é isso? — Alan quis saber depois, quando saímos deixando Naomi em segurança, totalmente concentrada em sua nova obra: esculturas de argila de nós dois. — Ela só escuta as mulheres?

Beatrice nos levou à sala de visitas outra vez e nos fez sentar. Foi até a janela e ficou olhando para fora.
— Naomi só obedece a algumas mulheres — ela explicou. — E, às vezes, demora a obedecer. É pior do que a maioria, provavelmente por causa das lesões que conseguiu causar a si mesma antes que eu a trouxesse.

Em pé, Beatrice nos encarou, mordendo o lábio e franzindo o rosto.
— Não faço esse discurso há algum tempo — disse ela. — A maioria dos DDGs tem o bom-senso de não se casar uns com os outros nem ter filhos. Espero que vocês não estejam planejando ter nenhum, apesar de nossa necessidade. — Ela inspirou fundo. — É um feromônio. Um cheiro. E está relacionado ao sexo. Os homens que herdam a doença do pai não têm nenhum traço desse cheiro. Eles também tendem a ter menos dificuldades com a doença. Mas são inúteis, aqui, como funcionários. Os homens que herdam a doença da mãe têm tanto desse odor quanto um homem pode ter. São um pouco úteis aqui porque os DDGs podem, ao menos, ser levados a percebê-los. O mesmo para as mulheres que a herdam da mãe e não do pai. Apenas quando dois DDGs irresponsáveis se unem e geram uma menina como Lynn e eu que se

tem alguém que pode realmente fazer algum bem em um lugar como este. — Ela olhou para mim. — Somos um produto muito raro, você e eu. Quando terminar a faculdade, terá um emprego bem-remunerado esperando por você.

— Aqui? — perguntei.

— Para o treinamento, talvez. Além disso, não sei. Você provavelmente vai ajudar a abrir um retiro em alguma outra parte do país. Outros retiros são extremamente necessários.

— Ela sorriu, sem graça. — Pessoas como nós não convivem bem. Você precisa entender que eu não gosto de você da mesma maneira que você não gosta de mim.

Engoli em seco, vendo-a através de um nevoeiro por um instante. E a odiei sem pensar, só por um instante.

— Recoste-se — disse ela. — Relaxe o corpo. Isso ajuda.

Obedeci, não exatamente porque desejava obedecer, mas por ser incapaz de pensar em outra coisa. Estava incapaz de pensar em outra coisa.

— Parece — ela continuou — que defendemos muito nosso território. O Dilg é um paraíso para mim quando sou a única do meu tipo por aqui. Quando não sou, é uma prisão.

— Para mim, isso parece um esforço inacreditável — disse Alan.

Ela assentiu.

— Quase exagerado. — Sorriu para si mesma. — Fui uma das primeiras DDGs duplas que nasceram. Quando tive idade suficiente para compreender isso, concluí que não tinha muito tempo. Primeiro, tentei me matar. Depois, tentei condensar toda a vida que podia no curto tempo que achei que tinha. Quando cheguei a este projeto, trabalhei o máximo que pude para dar forma a ele antes de começar a desvairar. A essa altura, eu não saberia o que fazer da vida se não estivesse trabalhando.

— Por que você não... desvairou? — perguntei.

— Não sei. Não há gente como nós o suficiente para sabermos o que pode ser considerada uma situação normal.

— Desvairar é normal para todos os DDGs, cedo ou tarde.

— Que seja tarde, então.

— Por que o odor não foi sintetizado? — perguntou Alan. — Por que ainda existem casas de repouso e hospitais que são campos de concentração?

— Houve pessoas que tentaram sintetizá-lo desde que provei o que podia fazer com ele. Até agora, ninguém conseguiu. Tudo que consegui fazer foi manter os olhos abertos para pessoas como Lynn. — Ela olhou para mim. — A bolsa Dilg, certo?

— É. Oferecida do nada.

— Minha equipe faz um bom trabalho de acompanhamento. Você teria sido procurada pouco antes de se formar ou se desistisse.

— É possível — disse Alan, fixando o olhar em mim — que ela já esteja fazendo isso? Já esteja usando o odor para... influenciar pessoas?

— Pessoas como... você? — perguntou Beatrice.

— Todos nós. Um grupo de DDGs. Moramos todos juntos. Somos todos controlados, óbvio, mas... — Beatrice sorriu. — É provavelmente a casa cheia de jovens mais tranquila que alguém já viu.

Olhei para Alan e desviei o olhar.

— Não estou fazendo nada com eles — retruquei. — Eu apenas os lembro de fazer o trabalho que prometeram fazer. Só isso.

— Você os deixa à vontade — disse Beatrice. — Você está lá. Você... bom, deixa o odor pela casa. Conversa com eles um de cada vez. Sem saber por quê, eles com certeza acham isso muito reconfortante. Concorda, Alan?

— Não sei — respondeu ele. — Imagino que deva achar. Desde a minha primeira visita à casa, eu soube que queria me mudar para lá. E a primeira vez que vi Lynn, eu... — Ele balançou a cabeça. — Engraçado, achei que tudo tinha sido ideia minha.

— Você vai trabalhar conosco, Alan?

— Eu? Você quer a Lynn.

— Quero os dois. Vocês não têm ideia de quantas pessoas olham para uma sala de trabalho aqui, viram as costas e saem correndo. Jovens como vocês é que vão, um dia, cuidar de um lugar como o Dilg.

— Querendo ou não, não é? — perguntou Alan.

Assustada, tentei segurar a mão dele, mas ele a afastou.

— Alan, isso aqui funciona — falei. — É só uma solução provisória, eu sei. A engenharia genética provavelmente nos dará as respostas definitivas, mas, pelo amor de Deus, isso é algo que podemos fazer agora!

— É algo que *você* pode fazer. Bancar a abelha-rainha em um retiro cheio de trabalhadores. Nunca tive a ambição de ser um zangão.

— Não é provável que, aqui, um médico seja um zangão — disse Beatrice.

— Você se casaria com um de seus pacientes? — perguntou Alan. — É o que Lynn estaria fazendo caso se casasse comigo, quer eu me torne médico ou não.

Ela desviou os olhos dele e se virou para o outro lado da sala.

— Meu marido está aqui — disse Beatrice, em tom suave. — Ele é paciente aqui há quase uma década. Que lugar seria melhor para ele... quando esse momento chegasse?

— Merda! — Alan resmungou, e olhou para mim. — Vamos sair daqui!

Ele se levantou e atravessou a sala com passadas largas até a porta. Puxou-a e, então, percebeu que estava trancada. Virou-se para encarar Beatrice. A linguagem corporal dele exigia que ela o deixasse sair. Ela se aproximou dele, pegou-o pelo ombro e o virou de frente para a porta.

— Tente outra vez — disse ela, baixinho. — Você não vai conseguir quebrá-la. Tente.

De modo surpreendente, parte da hostilidade pareceu se esvair dele.

— Esta é uma daquelas fechaduras PV? — perguntou Alan.

— Sim.

Rangi os dentes e desviei o olhar. Deixei-a trabalhar. Ela sabia como usar aquela coisa que nós duas tínhamos. E, por enquanto, ela estava do meu lado.

Ouvi-o fazendo algum esforço na porta. A porta sequer trepidou. Beatrice tirou a mão dele da porta e, com a própria mão espalmada contra o que parecia ser uma grande maçaneta de latão, empurrou a porta, abrindo-a.

— O homem que criou esta fechadura não é ninguém em especial — disse ela. — Ele não tem um QI extraordinariamente alto, sequer terminou a faculdade. Mas algumas vezes durante a vida leu uma história de ficção cientifica na qual as fechaduras de impressão da palma eram algo óbvio. Ele superou aquela história ao criar uma que reage à voz ou à palma da mão. Levou anos, mas fomos capazes de dar esses anos a ele. As pessoas do Dilg são especialistas em solucionar problemas, Alan. Pense nos problemas que você poderia solucionar!

Ele parecia estar reconsiderando, começando a compreender.

— Não vejo como a pesquisa biológica pode ser feita dessa maneira — disse ele, por fim. — Não com todo mundo agindo por conta própria, sem estar ciente de outros pesquisadores e do trabalho deles.

— Isso *está* sendo feito — disse ela — e não no isolamento. Nosso retiro no Colorado se especializou nisso e tem, ainda que não muitos, DDGs treinados, controlados, para garantir que ninguém trabalhe em isolamento. Nossos pacientes ainda conseguem ler e escrever; aqueles que não se feriram demais. Conseguem levar o trabalho uns dos outros em consideração, caso os relatórios estejam à sua disposição. E conseguem ler o material que vem de fora. Estão trabalhando, Alan. A doença não os impediu, *não vai* impedi-los.

Ele olhou fixamente para ela, pareceu ser capturado pela intensidade, ou pelo cheiro, dela. E falou como se as palavras fossem um esforço, como se ferissem a garganta dele:

— Não quero ser um fantoche. Não quero ser controlado por um… maldito cheiro.

— Alan…

— Não quero ser o que a minha mãe é. Prefiro morrer.

— Não há nenhum motivo para você se tornar o que a sua mãe é.

Ele retrocedeu, com nítida descrença.

— Sua mãe sofreu danos cerebrais devido aos três meses que passou naquela latrina de cuidado assistencial. Não falava absolutamente nada quando a conheci. Ela melhorou mais do que você poderia imaginar. Nada daquilo precisa acontecer com você. Trabalhe conosco e garantiremos que nada daquilo acontecerá com você.

Ele hesitou, pareceu menos seguro de si. Até essa flexibilidade era surpreendente nele.

— Vou ficar sob seu controle ou sob o da Lynn — disse Alan.

Ela moveu a cabeça em sinal negativo.

— Nem mesmo a sua mãe está sob meu controle. Ela tem consciência da minha presença. Ela é capaz de receber instruções minhas. Ela confia em mim da maneira que qualquer pessoa cega confiaria em sua guia.

— Tem mais coisa do que isso.

— Não aqui. Não em qualquer um dos nossos retiros.

— Não acredito em você.

— Então você não compreende quanta individualidade uma pessoa contém. Eles sabem que precisam de ajuda, mas têm a própria psique. Se quer ver o abuso de poder com que está preocupado, vá a uma ala DDG.

— Vocês são melhores do que aquilo, admito. O inferno provavelmente é melhor do que aquilo. Mas...

— Mas você não confia em nós — ela concluiu.

Ele deu de ombros.

— Você sabe que confia — disse ela, sorrindo. — Não quer confiar, mas confia. É isso que o preocupa e deixa um trabalho para você fazer. Investigue o que eu disse. Veja por si mesmo. Oferecemos aos DDGs a oportunidade de viver e fazer o que é importante para eles. O que você tem, o que pode esperar, realisticamente, é melhor do que isso?

Silêncio.

— Não sei o que pensar — disse ele, por fim.

— Vá para casa — ela falou. — Decida o que pensar. É a decisão mais importante que tomará.

Ele olhou para mim. Fui até ele, sem saber como reagiria, sem saber se me queria, independentemente do que decidisse.

— O que você vai fazer? — perguntou ele.

Aquela questão me assustou.

— Você tem escolha — respondi. — Eu não. Se ela estiver certa... como eu poderia acabar não administrando um retiro?

— Você quer fazer isso?

Engoli em seco. Ainda não tinha enfrentado de verdade aquela questão. Será que eu queria passar minha vida em algo que era basicamente uma ala DDG requintada?

— Não!

— Mas vai.

— Sim. — Pensei por um instante, procurando pelas palavras certas. — Você faria isso.

— O quê?

— Se o feromônio fosse algo que apenas os homens tivessem, você faria isso.

Outra vez o silêncio. Depois de um tempo, Alan pegou minha mão e seguimos Beatrice até o carro. Antes de eu entrar no carro com ele e nosso vigia-acompanhante, ela segurou meu braço. Eu o puxei, em um reflexo. Quando percebi, tinha me virado como se quisesse bater nela. Droga, eu quis bater nela, mas parei a tempo.

— Desculpe — disse sem forçar sinceridade.

Ela me estendeu um cartão até que eu o pegasse.

— Meu número pessoal — ela disse. — Antes das sete ou depois das nove, de preferência. Vamos nos comunicar melhor por telefone.

Dentro do carro, Alan disse alguma coisa ao vigia. Não consegui ouvir o que era, mas o som da voz dele me fez lembrar da discussão que teve com Beatrice, da lógica e do cheiro dela. Ela praticamente o convenceu para mim, e eu não consegui sequer demonstrar uma gratidão simbólica.

Falei com ela, em voz baixa:

— Ele nunca teve chance de verdade, teve?

Ela pareceu surpresa.

— Isso é com você. Você pode ajudá-lo ou afugentá-lo. Garanto que *você* pode afugentá-lo.

— Como?

— Imaginando que ele não tem chance. — Ela deu um sorriso vago. — Ligue para mim do seu território. Temos muito a dizer uma à outra e preferiria que não o disséssemos como inimigas.

Ela se acostumou a encontrar pessoas como eu durante décadas. Tinha um ótimo autocontrole. Por outro lado, eu estava me controlando ao máximo. Tudo que pude fazer foi entrar no carro e pisar no meu acelerador fantasma enquanto o vigia nos conduzia ao portão. Não consegui olhar para trás, para ela, até estarmos bem longe da casa, até deixarmos o vigia no portão e estarmos fora da propriedade. Não consegui me forçar a olhar para trás. Por longos e irracionais minutos, estive convencida de que, de alguma maneira, se eu me virasse, veria a mim mesma, grisalha e idosa, ali em pé, diminuindo com a distância, desaparecendo.

Nota da autora

"O entardecer, a manhã e a noite" surgiu de minha fascinação permanente por biologia, medicina e responsabilidade pessoal.

Comecei a história me perguntando especificamente quanto do que fazemos é estimulado, desestimulado ou, em outros contextos, orientado por aquilo que somos geneticamente. Essa é uma de minhas questões favoritas, origem de muitos de meus romances. Pode ser uma questão perigosa também. Muitas vezes, quando as pessoas a utilizam em suas ficções, querem se referir a quem tem mais daquilo que enxerguem como desejável, ou quem tem menos do que é indesejável. A genética é um jogo de tabuleiro, ou pior, uma desculpa para o darwinismo social cuja popularidade oscila de tempos em tempos. Um hábito imoral.

Ainda assim, a questão é fascinante. E a doença, implacável nesse contexto, é um modo de explorar as respostas. Os distúrbios genéticos, em especial, podem nos ensinar muito sobre quem ou o que somos.

Criei a doença de Duryea-Gode a partir de elementos de três distúrbios genéticos. O primeiro é a doença de Huntington: hereditária, dominante e, portanto, algo inevitável se a pessoa tem o gene. E é causada por apenas um gene anormal. Além disso, a Huntington geralmente não se manifesta até que suas vítimas atinjam a meia-idade.

Além da Huntington, usei a fenilcetonúria [PKU, em inglês], um distúrbio genético recessivo que causa severos danos mentais a menos que o bebê que a tem seja colocado em uma dieta especial.

Por fim, usei a doença de Lesch-Nyhan, que causa tanto danos mentais quanto automutilação.

Aos elementos desses distúrbios, adicionei alguns toques especiais: uma sensibilidade aos feromônios e o delírio persistente das vítimas de que são capturadas, aprisionadas, dentro da própria carne. Para elas, essa carne, de algum modo, não é realmente parte delas. Neste último detalhe, usei uma ideia familiar a todos nós, presente em muitas religiões e filosofias, e a levei a um extremo terrível.

Temos nada mais nada menos que cinquenta mil genes diferentes em cada um dos núcleos de nossos bilhões de células. Se um gene entre cinquenta mil, o gene da Huntington, por exemplo, pode mudar nossas vidas de maneira tão significativa, então o que podemos fazer, o que podemos nos tornar, o que nós somos? De fato, o quê?

Para leitores que acham essa pergunta tão fascinante quanto eu, indico uma breve e não convencional lista de leitura: *The Chimpanzees of Gombe: Patterns of Behavior* [Os chimpanzés de Gombe: padrões comportamentais], de Jane Goodall; *The Boy Who Couldn't Stop Washing: The Experience and Treatment of Obsessive-Compulsive Disorder* [O menino que não conseguia parar de se lavar: a experiência e tratamento do transtorno obsessivo-compulsivo], de Judith L. Rapoport; *Medical Detectives* [Detetives da medicina], de Berton Roueché; *Um antropólogo em Marte* e *O homem que confundiu sua mulher com um chapéu*, de Oliver Sacks.

Divirtam-se!

PARENTES PRÓXIMOS

— Ela queria você — disse meu tio. — Ela não precisava de uma filha. Nem mesmo há 22 anos.

— Eu sei.

Eu me sentei na frente dele em uma cadeira de balanço confortável da sala de visitas do apartamento de minha mãe. Aos meus pés, havia uma caixa de papelão cheia de papéis; papéis soltos, com dobras nas pontas, amarrotados e envelopados, importantes e banais, todos amontoados juntos. Lá estavam a certidão de casamento dela, a escritura de um imóvel que ela possuía no Oregon, um cartão feito a mão com lápis de cor verde e vermelho em papel barato escurecido pelo tempo: "Para Mama", dizia. "Feliz Natal." Eu o fiz quando tinha seis anos e dei para minha avó. Naquela época, eu a chamava de "mama". Agora eu me perguntava se minha avó o tinha repassado à minha mãe acompanhado de alguma mentira carinhosa.

— Ela ficou viúva pouco antes de você nascer — disse meu tio. — Simplesmente não conseguiu enfrentar sozinha o trabalho de cuidar de uma criança.

— Todo mundo faz isso, o tempo todo.

— Ela não era "todo mundo". Era ela mesma. Sabia o que podia suportar e o que não podia. Garantiu que você tivesse um bom lar com sua avó.

Olhei para ele, me perguntando por que ainda se dava ao trabalho de defendê-la. Que diferença fazia, agora, o que eu sentia ou não sentia por ela?

— Eu me lembro de quando tinha uns oito anos — eu disse. — Ela veio me ver e perguntei se podíamos ficar juntos por um tempo. Ela respondeu que não, disse que tinha que trabalhar, não tinha espaço, não tinha dinheiro suficiente e um monte de outras coisas. A mensagem que chegou a mim foi que ela não queria se preocupar comigo. Então perguntei se ela era mesmo minha mãe ou se, quem sabe, eu era adotada.

Meu tio fez uma careta.

— O que ela disse?

— Nada. Ela me bateu.

Ele suspirou.

— Aquele temperamento dela. Estava sempre muito nervosa, muito tensa. Esse foi um dos motivos para ter deixado você com sua avó.

— Quais foram os outros?

— Acho que você acabou de listá-los. Falta de dinheiro, espaço, tempo...

— Paciência, amor...

Meu tio encolheu os ombros.

— Era sobre isso que você queria conversar comigo? Seus motivos para não gostar da sua mãe?

— Não.

— E?

Olhei fixamente para a caixa no chão. Quando a tirara do armário de minha mãe, o fundo rasgara com o peso dos papéis. Talvez houvesse fita adesiva em algum lugar do apartamento. Eu me levantei para procurar, pensando que meu tio se cansaria do meu silêncio e iria embora. Ele fizera isso algumas vezes, sua forma silenciosa de demonstrar impaciência. Aquilo costumava me assustar quando eu era pequena. Agora eu receberia essa reação quase com prazer.

Se ele partisse, eu não teria que dizer sobre o que queria conversar... ainda. Ele sempre foi um amigo, tanto quanto um parente, o irmão de minha mãe, cinco anos mais velho do que ela e meu único parente, além de minha avó, que já me deu mais do que uma atenção passageira.

Ele conversava comigo às vezes, na casa de minha avó. E me tratava como um pequeno adulto porque, apesar de todos os filhos que as irmãs e os irmãos casados dele tinham, ninguém o convenceu de que as crianças não eram pequenos adultos. Sem perceber, ele sempre me pressionou em alguns assuntos. Ainda assim, eu o preferia às minhas outras tias e tios, às senhoras que eram amigas de minha avó, a qualquer pessoa que me desse tapinhas na cabeça e me dissesse para ser uma boa garota. Eu me dava melhor com ele do que com minha mãe. Por isso, até hoje, e especialmente agora, não queria perdê-lo.

Ele ainda estava lá quando encontrei a fita adesiva em uma gaveta da cozinha. Não tinha se mexido, exceto para tirar um documento da caixa. Ficou sentado o lendo enquanto eu me esforçava para passar a fita na caixa. Era esquisito, mas eu não esperava que ele me ajudasse a menos que eu pedisse. Algum outro parente do sexo masculino, talvez. Mas ele, não.

— O que é isso? — perguntei, passando os olhos pelo papel.

— Um dos seus boletins. Quinta série. Péssimo.

— Ai, Deus. Joga isso fora.

— Você não se pergunta por que ela guardou isso?

— Não. Ela... Acho que eu a entendia um pouco. Acho que minha mãe gostava de ter uma filha... não sei, para provar a feminilidade dela ou coisa assim, para ver o que conseguia produzir. Mas, assim que me teve, não quis perder seu tempo me criando.

— Ela teve quatro abortos espontâneos antes de você, sabia?
— Ela me contou.
— E ela prestava atenção em você.
— Às vezes. Como quando recebi um desses boletins terríveis. Ela foi em casa e me deu uma bronca.
— Era por isso que tirava essas notas? Para deixá-la furiosa?
— Eu tirava essas notas porque, de um jeito ou de outro, eu não me importava, até o dia em que você foi em casa e me deu uma bronca e me deixou com medo. Aí comecei a me importar.
— Espere um pouco... Eu lembro disso. Eu não estava tentando deixar você com medo. Só achei que tinha um cérebro e que não o estava usando, e disse isso para você.
— Disse. Você ficou ali sentado, parecendo furioso e indignado, e fiquei com medo de você desistir totalmente de mim. — Olhei para ele. — Percebe? Mesmo que eu não tenha sido adotada, você foi. Eu tinha que garantir que ia continuar com você.

Aquilo tirou dele um sorriso maior do que qualquer outra coisa. E o sorriso o rejuvenesceu vários anos. Ele estava com 57. Era esguio, com traços finos, ainda bonito. Todos na família de minha mãe eram assim: pequenos, de aparência quase frágil. Isso tornava as mulheres atraentes. Achei que também tornava os homens atraentes, mas sabia que isso tinha feito meus primos passarem muito tempo brigando e se exibindo, tentando provar que eram homens. Tinha feito com que ficassem sensíveis e na defensiva. Não sei o que aquilo fez com esse tio em particular quando era menino, mas ele não se defendia mais. Se você o irritasse, ele poderia reagir com uma trituração verbal gélida. Se isso não fosse suficiente, ele também era capaz de se enfiar em uma briga (ao menos, quando era mais jovem), mas nunca o vi começar uma encrenca. Meus primos não gostavam dele, diziam que, mesmo quando não estava irritado, era frio. Quando discordei deles, me disseram que eu também era fria. Que diferença fazia? Meu tio e eu nos dávamos muito bem juntos.

— O que vai fazer com as coisas dela? — perguntou ele.

— Vendê-las, doá-las ao Exército da Salvação, não sei. Você viu alguma coisa que queira?

Ele se levantou e foi até o quarto, caminhando com aquela elegância harmoniosa e apressada que o tempo parecia não ter alterado. Voltou com uma foto tirada da penteadeira de minha mãe: a ampliação de uma fotografia que ele tirou de minha mãe, minha avó e eu no Knott's Berry Farm quando eu tinha mais ou menos doze anos. De alguma forma, ele nos reuniu e nos levou para um passeio. A foto, que eu saiba, era a única com as três.

— Teria ficado melhor se você também estivesse na foto — comentei. — Devia ter pedido a algum desconhecido para tirá-la.

— Não, vocês três parecem perfeitas juntas: três gerações. Tem certeza de que não quer ficar com essa foto, ou com uma cópia?

Fiz que não com a cabeça.

— É sua. Você não quer mais nada?

— Não. O que vai fazer com o imóvel no Oregon? Acho que ela tinha alguma coisa no Arizona, também.

— Em todos os lugares, menos aqui — resmunguei. — Afinal, se ela usasse o dinheiro para comprar uma casa aqui, eu poderia invadi-la. Em todo caso, de onde veio esse dinheiro? Achei que ela fosse pobre.

— Ela morreu — disse meu tio, categórico. — Quanto tempo e energia você vai desperdiçar com ressentimento?

— O mínimo possível — respondi. — Mas não dá para fechar como uma torneira.

— Feche quando eu estiver por perto. Ela era minha irmã. Você pode não ter sentido nada por ela, mas eu a amava.

Ele disse isso em um tom de voz muito baixo, moderado.

— Certo.

Ficamos em silêncio até que uma de minhas tias chegou. Ela me abraçou quando a fiz entrar e chorou no meu ombro. Aturei porque minha mãe também foi irmã dela. Era uma mulher enfadonha que costumava visitar minha mãe para falar sobre como os filhos dela eram talentosos enquanto me dava tapinhas na cabeça e me tratava como a idiota da família.

— Stephen — ela cumprimentou meu tio. Ele odiava seu primeiro nome. — O que você tem aí? Uma foto. Não é linda? Barbara estava tão bonita na época. Ela sempre foi uma beleza. Tão natural no velório...

Ela perambulou até o quarto e começou a vasculhar as coisas da minha mãe. Quando chegou no armário, ela suspirou. Minha tia era pelo menos dez quilos mais pesada do que minha mãe, mas eu podia me lembrar de quando tinham o mesmo tamanho.

— O que vai fazer com todas essas coisas lindas? — ela me perguntou. — Você deveria guardar algumas como recordação.

— Deveria?

Eu ia me livrar de todas elas o mais rápido possível, mandar tudo para o Exército da Salvação. Mas essa tia, que, toda arrogante, reprovou o comportamento não maternal de minha mãe durante anos, ficaria indignada se eu não parecesse sentimental com as coisas dela.

— Stephen, você está dando uma mão? — perguntou minha tia.

— Não — respondeu meu tio, em voz branda.

— Só fazendo companhia, hein? Legal. Tem algo que eu possa fazer?

— Nada — respondeu meu tio. O que foi estranho porque a pergunta tinha sido claramente dirigida a mim.

Ela olhou para ele um pouco surpresa e ele retribuiu com um olhar inexpressivo.

— Bom... se precisar de mim para alguma coisa, pode contar comigo e me ligar. — Ela tinha recolhido umas peças das joias de minha mãe. Agora, estava pegando uma pequena TV preto e branco. — Você não se importa se eu levar isso, se importa? Meus filhos mais novos brigam tanto por causa da TV...

Ela saiu. Meu tio a observou partir e balançou a cabeça.

— Ela também é sua irmã — falei, sorrindo.

— Se não fosse... deixa para lá.

— O quê?

— Nada. — Aquela voz terna de alerta outra vez. Ignorei-a.

— Eu sei. Ela é uma hipócrita, entre outras coisas. Acho que ela gostava ainda menos de minha mãe do que eu.

— Por que deixou que ela levasse aquelas coisas?

Olhei para ele.

— Porque não me importo com o que vai acontecer com o que quer que esteja neste apartamento. Simplesmente não me importo.

— Bom... — Ele inspirou fundo. — Ao menos você não é hipócrita. Sabe, sua mãe deixou um testamento.

— Testamento?

— Aquele imóvel é bem valioso. Ela o deixou para você.
— Como você sabe?
— Tenho uma cópia do testamento. Ela não esperava que ninguém o encontrasse nas coisas dela. — Ele moveu a mão na direção da caixa de papelão. — O estilo de arquivamento dela não era muito confiável.

Assenti, insatisfeita.

— Com certeza não era. Não faço ideia do que ela tem aqui. Mas, olha, não tem nenhuma maneira de você ficar com aquele imóvel? Eu não o quero.

— Ela quis fazer algo por você. Deixe que ela faça.
— Mas...
— Deixe.

Inspirei fundo e soltei o ar.

— Ela deixou alguma coisa para você?
— Não.
— Isso não parece certo.
— Estou satisfeito... Ou vou ficar quando você aceitar o que ela deu para você. Também tem algum dinheiro.

Fiz uma careta, incapaz de imaginar minha mãe economizando dinheiro para mim. Eu só descobri sobre aquele imóvel quando comecei a vasculhar as coisas dela. Dinheiro já era demais. Mas, ao menos, aquilo me deu a abertura de que eu precisava.

— Esse dinheiro vem dela — perguntei — ou de você?

Ele hesitou por um segundo apenas e depois respondeu:

— Está no testamento dela. — Mas havia algo errado no modo como ele disse isso, como se eu o tivesse pegado desprevenido.

Sorri, mas parei quando aquilo pareceu deixá-lo desconfortável. Não queria deixá-lo desconfortável. Ia fazer isso... precisava fazer... mas não estava ansiosa nem sentia prazer nisso.

— Você não engana muito bem — disse a ele. — Mas parece até que poderia. Está parecendo dissimulado e controlado.

— Não posso evitar, é meu jeito.

— As pessoas dizem que tenho esse jeito também.

— Não, você se parece com sua mãe.

— Não acho. Acho que pareço com meu pai.

Ele não disse nada. Apenas ficou olhando para mim, enrugando a testa. Mexi em alguns dos papéis com pontas dobradas da caixa.

— Ainda devo aceitar o dinheiro?

Ele não respondeu. Apenas me observou daquele jeito dele, que as pessoas diziam que era frio. Não era. Eu sabia como ele ficava quando era frio de verdade. Naquele momento, era mais como se estivesse sentindo dor, como se eu o estivesse machucando. Imagino que estivesse, mas não podia parar. Era tarde demais para isso. Nervosa, cravei meus dedos no amontoado de papéis e abaixei a cabeça para olhá-los por um instante. De repente, me ressenti por causa deles. Por que não fiquei na faculdade e os abandonei, deixando tudo para outros parentes, do mesmo modo que ela sempre me deixou com outros parentes? Ou, já que estava ali para concluir as pendências de minha mãe, como uma filha responsável, por que não fiz isso e fiquei de boca calada? O que ele ia fazer agora? Partir? Será que eu também ia perdê-lo?

— Eu não me importo — falei olhando para ele. — Não faz mal. Amo você.

Já tinha dito aquilo para ele antes dezenas de vezes, de modo vago. Mas nunca disse com aquelas três palavras.

Era como se eu estivesse, de alguma maneira, pedindo permissão.

Tudo bem se eu amar você?

— O que você tem aí nessa caixa? — perguntou ele, baixinho.

Por um instante, franzi o rosto, sem compreender. Então entendi o que ele pensou, o que meu nervosismo o fez pensar.

— Nada relacionado a isso. — respondi. — Ao menos não que eu saiba. Não se preocupe, acho que ela não deixaria nada escrito.

— Então como foi que soube?

— Eu não soube, eu adivinhei. Adivinhei faz muito tempo.

— Como?

Chutei a caixa.

— Foram muitas coisas — respondi. — Acho que a mais fácil de explicar é nosso jeito, seu e meu. Você devia comparar uma das fotos da vovó, de quando você era jovem, com meu rosto atual. Poderíamos ser gêmeos. Minha mãe era linda. O marido dela, pelas fotos, era um homem grande e bonito. Eu... simplesmente pareço com você.

— Isso pode não significar nada.

— Eu sei. Mas significou muito para mim, junto com outras coisas, menos concretas.

— Você adivinhou — disse ele, amargo. E se inclinou para a frente. — Realmente, não engano muito bem, engano?

Ele se levantou e foi em direção à porta. Eu me levantei depressa, para bloquear a passagem. Tínhamos exatamente a mesma altura.

— Por favor, não vá embora — pedi. — Por favor.

Ele tentou me empurrar para o lado, com delicadeza, mas eu não quis sair da frente.

— Fale — insisti. — Nunca mais vou fazer essa pergunta de novo para você, nem vou repetir isso. Ela está morta. Não pode mais fazer mal algum a ela. — Hesitei. — Por favor, não me abandone.

Ele suspirou, olhou para o chão por um instante e, depois, para mim.

— Sim — disse ele baixinho.

Saí do caminho e me vi quase chorando de alívio. Então eu tinha um pai. Não sentia que tinha uma mãe, mas tinha um pai.

— Obrigada — murmurei.

— Ninguém sabe — ele disse. — Nem sua avó, nem qualquer parente.

— Não vão descobrir por mim.

— Não. Nunca me preocupei que você contasse aos outros. Nunca me preocupei que os outros soubessem, exceto pelo sofrimento que isso poderia causar a você e a ela... e pelo sofrimento que poderia causar a você... por saber.

— Não estou sofrendo.

— Não.

Ele olhou para mim com o que parecia ser espanto e percebi que ele teve pelo menos tanto medo quanto eu.

— Como ela conseguiu colocar o nome do marido dela na minha certidão de nascimento? — perguntei.

— Mentindo. Era uma mentira possível de acreditar, já que o marido estava vivo quando você foi concebida. Ele a tinha deixado, mas a família só descobriu isso depois, e nunca descobriu em que momento.

— Ele a deixou por sua causa?

— Não. Ele foi embora porque encontrou outra pessoa, alguém que gerou para ele uma criança viva em vez de um aborto espontâneo. Ela veio me procurar quando ele foi embora, veio conversar, chorar, decifrar alguns dos sentimentos dela... — Ele encolheu os ombros. — Eu e ela sempre fomos próximos, próximos demais. — Ele encolheu os ombros outra vez. — Amávamos um ao outro. Se fosse possível, eu teria me casado com ela. Não ligo para como possa parecer, eu teria casado. Do jeito que aconteceu, tivemos medo quando ela descobriu que estava grávida, mas ela quis você. Isso nunca foi questionado.

Mesmo agora, eu não acreditava nele. Acreditava no que eu tinha dito antes, que ela queria um filho para provar que era mulher o bastante para ter um. Assim que conseguiu a prova, minha mãe foi fazer outras coisas. Mas ele a amou e eu o amava. Não falei nada.

— Ela sempre teve medo de que você descobrisse — ele falou. — Por isso não foi capaz de manter você junto dela.

— Ela tinha vergonha de mim.

— Ela tinha vergonha de si mesma.

Olhei para ele, tentando ler seu rosto ilegível.

— Você tinha?

Ele assentiu.

— De mim, sim. De você, nunca.

— Mas você não me abandonou, como ela fez.

— Ela também não abandonou você, não podia. Por que acha que ela ficou tão angustiada quando você perguntou se era adotada?

Balancei a cabeça.

— Ela deveria ter confiado em mim. Deveria ter sido mais parecida com você.

— Ela fez o melhor que pôde na situação dela.

— Eu poderia tê-la amado. Poderia ter me importado.

— Conhecendo você, acho que não poderia. Mas ela não conseguia acreditar plenamente nisso. Não podia arriscar.

— Você me ama?

— Sim. E ela também, embora você não acredite.

— Eu e ela... deveríamos ter conhecido uma à outra. Nunca nos conhecemos realmente.

— Não. — Houve um silêncio e ele examinou a caixa de papel. — Se encontrar alguma coisa aí com que não conseguir lidar, traga para mim.

— Certo.

— Ligo para você para falar do testamento. Você vai voltar para a faculdade?

— Sim.

Ele me deu um de seus sorrisinhos.

— Então você vai precisar do dinheiro, não vai? Não quero ouvir mais nenhuma bobagem sobre não o aceitar.

E ele foi embora, fechando silenciosamente a porta atrás de si.

Nota da autora

Em primeiro lugar, "Parentes próximos" não tem *nada* a ver com meu romance *Kindred: laços de sangue*. Eu disse isso ao editor que aceitou inicialmente a história para uma antologia, mas tudo que ele conseguiu lembrar foi de que eu tinha duas obras com títulos semelhantes[1] e, portanto, devia haver uma relação entre elas. De maneira alguma.

"Parentes próximos" se desenvolveu a partir de minha infância batista e do meu hábito, já naquela época, de deixar meus interesses me levarem onde quisessem. Como uma boa criança batista, eu lia a Bíblia primeiro como uma série de instruções sobre como deveria crer e me comportar, depois como versículos que eu deveria decorar e, por fim, como uma série de histórias interessantes e interligadas.

As histórias me intrigavam: histórias de conflito, traição, tortura, assassinato, exílio e incesto. Eu as lia com avidez. Isso, óbvio, não era bem o que minha mãe imaginou quando me encorajou a ler a Bíblia. Mesmo assim, eu achava essas coisas fascinantes e, quando comecei a escrever, explorei esses temas em minhas próprias histórias. "Parentes próximos" é um dos resultados mais estranhos desse interesse. Eu me lembro de tentar escrevê-lo quando estava na faculdade e não conseguir. A ideia permaneceu comigo, exigindo ser escrita. Meus exemplos foram as irmãs de Ló, a irmã-esposa de Abraão e os filhos de Adão com as irmãs de Eva.

---

1 O título original do conto é "Near of Kin". (N. da E.)

SONS
DA FALA

Havia confusão a bordo do ônibus Washington Boulevard. Rye esperava, mais cedo ou mais tarde, ter problemas em sua jornada. Adiou a viagem até que a solidão e a desesperança a fizeram partir. Acreditava que poderia haver um grupo de parentes vivos: um irmão e seus dois filhos, a trinta quilômetros dali, em Pasadena. Com sorte, seria uma viagem de um dia. A inesperada passagem do ônibus quando ela saiu de casa na Virginia Road pareceu um bocado de sorte. Até que a confusão começou.

Dois homens jovens tiveram algum tipo de atrito ou, mais provavelmente, um mal-entendido. Ficaram no corredor, resmungando e gesticulando um com o outro, cada um de braços abertos em seu lugar, enquanto o ônibus sacudia pela via esburacada. O motorista parecia se esforçar para que perdessem o equilíbrio. Mesmo assim, seus gestos só se interrompiam pouco antes do contato: socos simulados e movimentos intimidadores de mão como xingamentos perdidos.

As pessoas observavam a dupla e depois se entreolhavam soltando ruídos curtos, ansiosos. Duas crianças choramingaram.

Rye sentou-se a poucos passos dos adversários e de frente para a porta traseira. Observava os dois com atenção, sabendo que a briga começaria quando o sangue-frio de um deles falhasse, uma mão escorregasse ou alguém chegasse ao limite de sua reduzida capacidade de comunicação. Essas coisas podiam acontecer a qualquer momento.

Uma delas aconteceu quando o ônibus passou por um buraco particularmente grande e um dos homens – alto, magro e com sorriso de deboche – foi lançado para cima de seu oponente, mais baixo.

O homem menor imediatamente lançou o punho esquerdo contra o sorriso debochado que já desmanchava. Golpeou o oponente, maior que ele, como se não tivesse nem precisasse de qualquer arma além do punho esquerdo. Bateu bem depressa, bem forte, para derrubá-lo antes que o homem mais alto conseguisse recuperar o equilíbrio ou revidar uma vez que fosse.

As pessoas gritavam e guinchavam de medo. Aquelas que estavam próximas se amontoaram para sair do caminho. Outros três jovens urravam de euforia e gesticulavam, frenéticos. Então, de alguma forma, surgiu uma segunda briga entre dois desses três – provavelmente porque um deles esbarrou ou bateu no outro sem querer.

Enquanto a segunda briga dispersava os passageiros assustados, uma mulher sacudia o ombro do motorista e resmungava apontando para a briga.

O motorista rosnou de volta pelos dentes expostos. Assustada, a mulher se afastou.

Conhecendo os métodos dos motoristas de ônibus, Rye se equilibrou e segurou na barra do assento à sua frente. Quando o motorista pisou no freio, ela estava preparada e os adversários, não. Eles caíram nos assentos e sobre os passageiros, que estavam aos gritos, criando ainda mais caos. Mais uma briga começou, no mínimo. No instante em que o ônibus parou totalmente, Rye estava de pé, empurrando a porta traseira. No segundo empurrão, a porta abriu, ela saltou, segurando a mochila em um dos braços. Vários outros passageiros vieram atrás, mas alguns ficaram no ônibus. Os ônibus eram tão raros e imprevisíveis agora que as pessoas os pegavam em qualquer oportunidade, não importando o que acontecesse. Talvez não houvesse outro hoje ou amanhã. As pessoas começavam sua jornada caminhando e, se viam um ônibus, faziam sinal. As que, como Rye, faziam viagens intermunicipais de Los Angeles a Pasadena planejavam acampar ou arriscavam procurar abrigo com moradores locais que poderiam roubá-las ou assassiná-las.

O ônibus não partiu, mas Rye se afastou dele. Pretendia esperar até que a confusão acabasse e subir de novo, mas se houvesse tiros, queria ter a proteção de uma árvore. Por isso, estava perto do meio-fio quando um Ford azul acabado fez um retorno vindo do outro lado da rua para parar na frente do ônibus. Carros eram raros naqueles dias, tão raros quanto a grave carência de combustível e de mecânicos com pouca debilidade fazia com que fossem. Os carros que ainda funcionavam tinham tantas chances de serem usados como armas quanto de servirem para transporte. Então, quando o motorista do Ford acenou para Rye, ela se distanciou, cautelosa. O motorista, um homem grande, jovem, de barba bem-feita, com cabelo escuro e cheio, saiu do carro. Usava um sobretudo longo e tinha um olhar de desconfiança igual ao de Rye. Ela ficou a vários passos de distância, esperando para ver o que ele faria. O homem olhou para o ônibus, que agora balançava por causa da luta lá dentro, e depois para o pequeno grupo de passageiros que tinha saltado. Por fim, olhou novamente para Rye.

Ela retribuiu o olhar, com plena consciência da velha 45 automática que sua jaqueta escondia. Observou as mãos dele.

Ele apontou com a mão esquerda para o ônibus. As janelas escurecidas impediam que enxergasse o que estava acontecendo lá dentro.

O fato de ele usar a mão esquerda interessou mais a Rye do que a pergunta óbvia. Pessoas canhotas tendiam a ser menos debilitadas, mais razoáveis e compreensivas, e menos condicionadas por frustração, confusão e raiva.

Ela imitou o gesto dele, apontando para o ônibus com a mão esquerda e então socando o ar com os dois punhos.

O homem tirou o casaco, mostrando o uniforme completo do Departamento de Polícia de Los Angeles, com cassetete e arma oficial.

Rye recuou mais um passo. Não havia mais Departamento de Polícia de Los Angeles, nem qualquer grande organização, governamental ou privada. Havia milícias e indivíduos armados. E era isso.

O homem tirou alguma coisa do bolso do casaco e o jogou no carro. Depois, fez um gesto para Rye, na direção da parte traseira do ônibus. Ele tinha algo feito de plástico na mão. Rye não entendeu o que ele queria até que ele caminhou rumo à parte traseira do ônibus e acenou para que ela ficasse ali. Ela obedeceu, principalmente pela curiosidade. Policial ou não, talvez ele pudesse fazer algo para acabar com aquela briga idiota.

Ele deu a volta pela frente do ônibus, até o lado da rua onde a janela do motorista estava aberta. Ali, ela pensou tê-lo visto jogar algo dentro do ônibus. Ainda estava tentando espiar pelos vidros escuros quando as pessoas começaram a cambalear para fora, pela porta de trás, engasgando e lacrimejando. Gás.

Rye segurou uma senhora idosa que poderia ter caído e ergueu duas criancinhas quando houve o risco de serem derrubadas e pisoteadas. Conseguiu ver o homem de barba ajudando as pessoas na porta da frente. Ela segurou um homem, idoso e magro, que fora empurrado para fora por um dos agressores. Cambaleando com o peso do homem, ela mal conseguiu sair do caminho quando o último dos jovens os empurrou para descer. Sangrando pelo nariz e pela boca, ele caiu sobre um dos outros e eles lutaram às cegas, ainda soluçando por causa do gás.

    O homem de barba ajudou o motorista do ônibus a sair pela porta da frente, embora ele não parecesse gostar da ajuda. Por um instante, Rye pensou que haveria outra luta. O homem de barba deu um passo para trás e observou de modo ameaçador os gestos do motorista, observou-o gritar com uma raiva sem palavras.

    Imóvel, o homem de barba não soltou qualquer som, recusando-se a reagir aos gestos nitidamente obscenos. Era o que as pessoas menos debilitadas costumavam fazer: a menos que fossem fisicamente ameaçadas, recuavam e deixavam quem tinha menos controle gritar e pular. Era como se sentissem que se rebaixavam ao ser tão irritáveis quanto os menos compreensivos. Era uma postura de superioridade e era assim que pessoas como o motorista a interpretavam. Essa "superioridade" era muitas vezes punida com espancamentos e até com a morte. A própria Rye já escapara por pouco de incidentes assim. Em consequência, nunca saía desarmada. E nesse mundo em que a única linguagem comum provável era a corporal, estar armada quase sempre bastava. Ela raramente precisara sacar sua arma ou mesmo mostrá-la.

    O revólver do homem de barba estava permanentemente à mostra. Ao que tudo indicava, fora o bastante para o motorista do ônibus. Ele cuspiu com repulsa, lançou um olhar furioso para o homem de barba por um instante e depois caminhou de volta para o ônibus tomado pelo gás. Fixou os olhos no veículo por um minuto, claramente pretendendo entrar, mas o gás ainda estava muito forte. Das janelas, apenas a do motorista, minúscula, estava aberta. A porta dianteira também estava, mas a traseira não permanecia aberta a menos que alguém a segurasse. O ar condicionado obviamente havia parado de funcionar há muito tempo. O ônibus levaria algum tempo para ficar salubre. Era propriedade do motorista, seu ganha-pão. Ele tinha colado nas laterais imagens de revistas velhas dos itens que aceitava como pagamento da passagem. Depois, usava o que recebesse para alimentar sua família ou para permutas. Se o ônibus não circulasse, ele não comeria. Por outro lado, se o interior do ônibus fosse destroçado por uma briga sem sentido, ele também não comeria muito bem. Aparentemente, era incapaz de perceber isso. A única coisa que conseguia entender era que levaria algum tempo para poder usar o ônibus outra vez. Agitava os punhos em direção ao homem de barba e gritava. Parecia haver palavras em seu grito, mas Rye não conseguia compreendê-las. E não sabia se a culpa era dele ou dela. Nos últimos três anos, ela tinha ouvido tão poucas falas humanas coerentes que não estava mais certa de reconhecê-las, não estava mais certa do grau de sua própria debilidade.

 O homem de barba suspirou. Olhou de relance para o próprio carro e depois acenou para Rye. Estava pronto para partir, mas queria algo dela antes disso. Não. Não... Queria que ela fosse consigo. Que arriscasse entrar no carro dele. A despeito do uniforme, lei e ordem não eram nada – já não eram sequer palavras.

 Ela balançou a cabeça, uma negativa universalmente conhecida, mas o homem continuou a chamá-la.

 Ela acenou despachando-o. Ele estava fazendo o que as pessoas menos debilitadas raramente faziam: atraindo atenção potencialmente negativa para alguém do mesmo tipo. As pessoas do ônibus começaram a olhar para ela.

Um dos homens que estivera lutando tocou outro no braço e depois apontou para o homem de barba e para Rye; por fim, levantou os dois primeiros dedos da mão direita como se fizesse dois terços da saudação escoteira. O gesto foi muito rápido, com um significado óbvio até de longe. Ela tinha sido agrupada com o homem de barba. E agora?

O homem que fez o gesto foi em direção a ela.

Ela não fazia ideia da intenção dele, mas permaneceu onde estava. O homem era uns quinze centímetros mais alto do que ela e possivelmente dez anos mais novo. Não imaginava que pudesse correr mais rápido do que ele. Nem esperava que alguém a ajudasse caso precisasse de ajuda. As pessoas à sua volta eram todas desconhecidas.

Ela fez um único gesto – em nítida indicação para que o homem parasse. Não tinha a intenção de repeti-lo. Felizmente, o homem obedeceu. Ele fez gestos obscenos e vários outros homens riram. A perda da linguagem verbal dera origem a todo um novo conjunto de obscenidades gestuais. Com simplicidade crua, ele a acusou de fazer sexo com o homem de barba e sugeriu que ela satisfizesse os outros homens presentes, a começar por ele mesmo.

Rye o observou, exausta. As pessoas poderiam muito bem observá-los inertes caso ele tentasse estuprá-la. Também observariam inertes se ela atirasse nele. Ele iria tão longe?

Não foi. Depois de uma série de gestos obscenos que em nada o aproximaram dela, ele se virou com desdém e foi embora.

E o homem de barba ainda esperava. Ele tirara seu revólver oficial com coldre e tudo. Acenou de novo, com as duas mãos vazias. Sem dúvida, a arma estava no carro, em fácil alcance, mas o fato de tê-la tirado a impressionou. Talvez ele não fosse ruim. Talvez estivesse apenas sozinho. Ela estivera sozinha por três anos. A doença a assolara, matara suas crianças, uma por uma, matara seu marido, sua irmã, seus pais...

    A doença, se é que era uma doença, tinha arrancado os vivos uns dos outros. Enquanto varria o país, as pessoas mal tiveram tempo de pôr a culpa nos soviéticos (embora eles estivessem silenciando junto ao resto do mundo), em um novo vírus, um novo poluente, radiação, justiça divina... A doença foi certeira no modo como derrubou as pessoas e era como um derrame cerebral em alguns de seus sintomas. Mas era muito específica. A linguagem sempre era perdida ou severamente debilitada. Nunca era recuperada. Muitas vezes, também havia paralisia, debilidade intelectual e morte.

    Rye caminhou até o homem de barba, ignorando os assobios e aplausos de dois dos jovens e os polegares para cima que faziam para o homem de barba. Se ele tivesse sorrido para eles ou os tivesse legitimado de alguma maneira, era quase certo que Rye teria mudado de ideia. Se tivesse permitido a si mesma pensar nas consequências provavelmente mortais, era quase certo que teria mudado de ideia. Em vez disso, ela pensou no homem que morava em frente à sua casa. Ele raramente tomava banho desde que a doença o atacara. E tinha adotado o hábito de urinar onde quer que estivesse. Já tinha duas mulheres, cada uma cuidava de um de seus enormes jardins. Elas o toleravam em troca de proteção. Ele tinha deixado claro que queria Rye como terceira mulher.

    Ela entrou no carro e o homem de barba fechou a porta. Ela o vigiou enquanto ele dava a volta até a porta do motorista; o vigiou pelo bem dele, pois a arma estava no banco ao lado dela. E o motorista do ônibus e uma dupla de jovens tinham se aproximado alguns passos. Não fizeram nada até o homem de barba estar dentro do carro. Então, um deles jogou uma pedra. Os outros seguiram o exemplo e, quando o carro partiu, várias pedras ricochetearam, inofensivas.

Quando o ônibus ficou alguns metros para trás, Rye enxugou o suor da testa e desejou relaxar. O ônibus a teria deixado depois da metade do caminho para Pasadena. Ela teria que caminhar apenas dezesseis quilômetros. Agora se perguntava quanto teria de caminhar – e se caminhar seria seu único problema.

Na Figueroa com a Washington, onde os ônibus normalmente faziam o retorno, o homem de barba parou, olhou para Rye e indicou que ela deveria escolher uma direção. Quando indicou a esquerda e ele de fato virou à esquerda, ela começou a relaxar. Se estava disposto a ir aonde ela indicasse, talvez fosse inofensivo.

Enquanto passavam por quarteirões de prédios incendiados e abandonados, por terrenos baldios e carros destroçados ou sucateados, ele tirou uma corrente de ouro por cima da cabeça e entregou-a para Rye. O pingente preso à corrente era uma pedra lisa, vítrea e negra. Obsidiana. O nome dele poderia ser Rock ou Peter ou Black, mas ela decidiu pensar nele como Obsidian. Até sua memória ocasionalmente inútil guardaria um nome como Obsidian.

Ela entregou a ele o símbolo do próprio nome: um broche dourado no formato de uma haste de trigo. Ela o tinha comprado muito antes de a doença e o silêncio começarem. Agora, ela o usava pensando que provavelmente era o mais próximo que chegaria de centeio, Rye. Pessoas como Obsidian, que não a tinham conhecido antes, provavelmente pensavam nela como trigo. Não que importasse. Ela nunca mais ouviria o próprio nome.

    Obsidian estendeu-lhe o broche. Segurou sua mão quando ela a estendeu para pegá-lo e passou o polegar pelos calos dela.

    Na First Street, ele parou e perguntou outra vez que caminho seguir. Então, depois de virar à direita, como ela tinha indicado, parou perto do Music Center. Lá, tirou do painel uma folha de papel dobrada e a abriu. Rye identificou que era um mapa, embora as palavras não significassem nada para ela. Ele alisou o mapa, pegou a mão de Rye outra vez e colocou o indicador dela em um ponto. Tocou nela, tocou nele e apontou para o chão. Para todos os efeitos: "estamos aqui". Rye entendeu que ele queria saber para onde ela estava indo. Quis contar a ele, mas balançou a cabeça, triste. Tinha perdido a capacidade de ler e de escrever. Aquela era sua debilidade mais grave e mais dolorosa. Ensinara história na UCLA. Escrevera como freelancer. Agora, não conseguia sequer ler os próprios manuscritos. Tinha uma casa cheia de livros que nunca poderia nem ler nem se obrigar a usar como combustível. E sua memória não traria lembranças do que lera antes.

    Ela observou o mapa, tentando fazer cálculos. Nascera em Pasadena e morara em Los Angeles por quinze anos. Agora, estava perto do Centro Cívico de LA. Conhecia a posição de uma cidade em relação à outra, conhecia as ruas, as direções, sabia até como se manter longe das rodovias, que deviam estar bloqueadas por carros destroçados e viadutos destruídos. Tinha de saber como indicar Pasadena, mesmo que não conseguisse reconhecer a palavra.

    Hesitante, ela colocou a mão sobre uma mancha de cor laranja desbotada no canto superior direito do mapa. Deveria estar certo. Pasadena.

Obsidian levantou a mão dela, olhando por baixo; então, dobrou o mapa e o colocou de volta no painel.

Com um pouco de atraso, ela percebeu: ele conseguia ler. Provavelmente também conseguia escrever. Odiou o homem de forma brusca; um ódio profundo, amargo. O que essa capacidade significava para ele, um homem adulto que brincava de polícia e ladrão? Mas ele era capaz de ler e escrever e ela não. Nunca seria. Ela sentiu dores no estômago, de ódio, frustração e inveja. E a apenas alguns centímetros de sua mão havia uma arma carregada.

Ela se segurou, encarando-o, quase enxergando o sangue dele. Mas sua raiva se elevou, baixou e ela não fez nada.

Obsidian buscou a mão dela com uma familiaridade hesitante. Ela olhou para ele. O rosto dela já revelara muito. Ninguém que ainda estivesse vivo no que restou da sociedade humana poderia deixar de reconhecer aquela expressão, aquela inveja.

Ela fechou os olhos, farta, e inspirou fundo. Tinha vivenciado saudade do passado, ódio do presente, uma desesperança, uma falta de sentido crescentes, mas nunca tinha experimentado uma ânsia tão potente de matar outra pessoa. Tinha finalmente saído de casa porque esteve perto de se matar. Não encontrava motivo para continuar viva. Talvez tenha sido por isso que entrara no carro de Obsidian. Nunca tinha feito uma coisa dessas antes.

Ele tocou a boca dela e fez movimentos de fala com o polegar e os dedos. Ela conseguia falar?

Ela assentiu e observou o ir e vir da inveja branda dele. Agora os dois tinham admitido o que não era seguro admitir e não houve violência. Ele bateu de leve na própria boca e na testa e balançou a cabeça. Não falava nem entendia a linguagem falada. A doença pregou uma peça neles, tirando-lhes, ela suspeitou, o que cada um mais estimava.

Ela deu um beliscão na manga da camisa dele, se perguntando por que ele decidira, por si mesmo, manter vivo o Departamento de Polícia de Los Angeles com o que lhe sobrara. Fora isso, ele estava são o suficiente. Por que não estava em casa cultivando milho, criando coelhos e crianças? Mas ela não sabia como perguntar. Então, ele colocou a mão em sua coxa e ela teve que lidar com outra questão.

Ela negou com a cabeça. Doença, gravidez, agonia impotente e solitária... Não.

Ele massageou a coxa dela com delicadeza e sorriu, com incredulidade óbvia.

Havia três anos que ninguém a tocava. Ela não queria que ninguém a tocasse. Como arriscar trazer uma criança para este mundo mesmo se o pai estivesse disposto a ficar e ajudar a criá-la? Mas era uma pena. Obsidian podia não saber o quanto era atraente: jovem, provavelmente mais jovem do que ela, asseado, pedindo o que queria, em vez de exigi-lo. Mas nada disso importava. O que eram alguns instantes de prazer comparados a toda uma vida de consequências?

Ele a puxou para perto de si e, por um momento, ela se permitiu desfrutar da proximidade. Ele tinha um cheiro bom; masculino e bom. Ela se afastou, relutante.

Ele suspirou, esticou o braço até o porta-luvas. Ela ficou tensa, sem saber o que esperar, mas tudo que saiu dali foi uma caixa pequena. O que estava escrito na caixa nada significava para ela. Não entendeu até que ele rasgou o selo, abriu a caixa e tirou um preservativo. Ele olhou para ela, que logo desviou o olhar, surpresa. Então, ela deu uma risadinha. Não conseguia se lembrar de quando fora a última vez que rira.

Ele sorriu, fez um gesto em direção ao banco traseiro e ela riu alto. Mesmo na adolescência, ela detestava os bancos traseiros de carros. Mas olhou ao redor, para as ruas vazias e os prédios destruídos, e então saiu e foi para o banco de trás. Ele deixou que colocasse o preservativo nele e pareceu ficar surpreso com a avidez dela.

Algum tempo depois, eles se sentaram juntos, cobertos com o casaco dele, sem vontade de se vestirem e tornarem-se quase estranhos tão cedo. Ele fez um gesto de embalar um bebê e olhou para ela, curioso.

Ela engoliu em seco, balançou a cabeça. Não sabia como dizer a ele que seus filhos estavam mortos.

Ele pegou a mão dela e fez um desenho com o dedo indicador, depois fez novamente o gesto de embalar um bebê.

Ela assentiu, ergueu três dedos, depois virou o rosto, tentando impedir um fluxo repentino de lembranças. Tinha dito a si mesma que as crianças que cresciam agora eram dignas de piedade. Percorriam os desfiladeiros do centro da cidade sem a verdadeira lembrança do que tinham sido os prédios ou mesmo de como ficaram assim.. As crianças de hoje recolhiam livros como recolhiam galhos: para queimar como combustível. Percorriam as ruas correndo umas atrás das outras e guinchando como chimpanzés. Não tinham futuro. O que eram agora era tudo o que poderiam ser.

Ele colocou a mão no ombro dela, e ela se virou de repente, procurando desajeitada pela caixinha, e depois incitando-o a fazer amor com ela outra vez. Ele podia lhe dar esquecimento e prazer. Até agora, nada tinha conseguido fazer isso. Até agora, cada dia a aproximava mais do momento em que ela faria o que tinha saído de casa para evitar: colocar a arma na boca e puxar o gatilho.

Ela perguntou a Obsidian se ele viria para casa com ela, ficaria com ela.

Ele pareceu surpreso e contente quando compreendeu. Mas não respondeu de imediato. Por fim, balançou a cabeça, como ela temia que fizesse. Provavelmente estava se divertindo muito brincando de polícia e ladrão e conquistando mulheres.

Ela se vestiu com um silêncio de decepção, incapaz de sentir qualquer raiva dele. Talvez ele já tivesse uma esposa em casa. Era provável. A doença fora mais dura com os homens do que com as mulheres, tinha matado mais homens, tinha deixado os homens sobreviventes mais gravemente debilitados. Homens como Obsidian eram raros. As mulheres se conformavam com pouco ou ficavam sozinhas. Se encontravam um Obsidian, faziam de tudo para ficar com ele. Rye desconfiou que ele tinha alguém mais nova e mais bonita.

Ele a tocou enquanto ela ajustava sua arma no corpo e perguntou, com uma complicada sequência de gestos, se estava carregada.

Ela assentiu, com expressão hostil.

Ele deu um tapinha no braço dela.

Ela perguntou mais uma vez se ele viria com ela, dessa vez usando uma sequência diferente de gestos. Ele pareceu hesitante. Talvez pudesse ser cortejado.

Ele saiu e foi para o banco da frente sem responder.

Ela tomou seu lugar na frente outra vez, observando-o. Agora, ele puxava o uniforme e olhava para ela.

Ela achou que estava sendo questionada sobre alguma coisa, mas não sabia o que era.

Ele tirou o distintivo, tocou nele com um dedo, e depois tocou no próprio peito. Óbvio.

Ela pegou o distintivo da mão dele e nele prendeu seu broche de trigo. Se brincar de polícia e ladrão era a sua única loucura, que brincasse. Ela ficaria com ele, com uniforme e tudo. E ocorreu a ela que um dia poderia perdê-lo para alguém que ele conheceria como a conheceu. Mas o teria por algum tempo.

Ele pegou o mapa de ruas outra vez e bateu nele, apontando vagamente para o nordeste, rumo a Pasadena, e então olhou para ela.

Ela deu de ombros, tocou no ombro dele, depois no seu, e levantou o dedo indicador e o dedo médio juntos, só para se certificar.

Ele agarrou os dois dedos e assentiu. Estava com ela.

Ela tirou o mapa dele e o jogou no painel. Apontou para o sudoeste, de volta para casa. Agora ela não precisava ir para Pasadena. Agora ela podia continuar tendo um irmão e dois sobrinhos lá, três homens destros. Agora ela não precisava ter a certeza de estar tão só quanto temia. Agora ela não estava só.

Obsidian pegou a Hill Street rumo ao sul, depois a Washington para o oeste, e ela se recostou, imaginando como seria ter alguém de novo. Com tudo que ela tinha recolhido das ruas, o que conservara e o que plantara, haveria comida mais que suficiente para eles. Com certeza haveria espaço suficiente na casa de quatro quartos. Obsidian poderia trazer as coisas dele. E o melhor de tudo, o animal da casa em frente recuaria e não a forçaria a matá-lo.

Obsidian a tinha puxado para perto dele, e ela apoiara a cabeça em seu ombro quando ele pisou repentinamente no freio, quase arremessando-a para fora do assento. Pelo canto do olho, ela viu que alguém atravessou a rua correndo, na frente do carro. Um único carro na rua e alguém tinha de atravessar na frente dele.

Ao se endireitar, Rye viu: quem corria era uma mulher, fugindo de uma velha casa de madeira rumo a uma loja fechada com tábuas. Corria em silêncio, mas o homem que a seguiu um instante depois gritava o que pareciam palavras confusas enquanto corria. Ele tinha algo na mão. Não uma arma de fogo. Uma faca, talvez.

A mulher tentou abrir uma porta, descobrindo que estava trancada, olhou ao redor com desespero e, por fim, arrancou um pedaço de vidro da vitrine quebrada. Com isso, virou-se para enfrentar seu perseguidor. Rye pensou que o mais provável era que ela cortasse a própria mão em vez de ferir alguém com o vidro.

Obsidian saltou do carro, gritando. Era a primeira vez que Rye ouvia a voz dele, grave e rouca pela falta de uso. Ele repetiu o mesmo som várias vezes, da forma como as pessoas emudecidas faziam: "Da, da, da!".

Rye saiu do carro enquanto Obsidian corria atrás do casal. Ele tinha sacado a arma. Com medo, ela sacou a própria arma e desativou a trava de segurança. Olhou ao redor para ver se alguém mais fora atraído para a cena. Viu o homem lançar um olhar para Obsidian e, então, jogar-se de repente sobre a mulher. Ela acertou o rosto do homem com o vidro, mas ele prendeu o braço dela e conseguiu apunhalá-la duas vezes antes que Obsidian atirasse nele.

O homem se dobrou, depois caiu, agarrando o abdome. Obsidian gritou e então fez um gesto para que Rye fosse ajudar a mulher.

Rye ficou ao lado da mulher, lembrando que tinha pouco mais do que bandagens e antisséptico em sua mochila. Mas a mulher não podia ser ajudada. Fora apunhalada com uma faca de desossa, longa e fina.

Ela tocou Obsidian para que ele soubesse que a mulher estava morta. Ele se curvara para examinar o homem ferido, que estava deitado, imóvel, e também parecia morto. Mas quando Obsidian virou o rosto para ver o que Rye queria, o homem abriu os olhos. Com o rosto contorcido, ele tomou o revólver que Obsidian acabara de colocar no coldre e atirou. O tiro atingiu Obsidian na têmpora e ele desabou.

Foi simples assim, rápido assim. Um minuto depois, Rye atirou no homem ferido quando ele se virou para disparar contra ela.

E Rye ficou sozinha – com três cadáveres.

Ela ajoelhou-se ao lado de Obsidian, o olhar opaco, franzindo as sobrancelhas, tentando entender por que tudo tinha mudado tão depressa. Obsidian estava morto. Morreu e a deixou, como todas as outras pessoas.

Duas crianças muito pequenas, um menino e uma menina de talvez três anos, saíram da casa de onde o homem e a mulher tinham corrido. De mãos dadas, eles atravessaram a rua em direção a Rye. Observaram-na, depois avançaram, passaram por ela, e foram até a mulher morta. A menina sacudiu o braço da mulher como se tentasse acordá-la.

Aquilo foi demais. Rye levantou, o estômago retorcido de luto e raiva. Se as crianças começassem a chorar, ela achava que vomitaria.

Estavam por conta própria, aquelas duas crianças. Tinham idade suficiente para catar comida nas ruas. Ela não precisava de mais sofrimento. Não precisava de filhos de estranhos que cresceriam para se tornarem chimpanzés sem pelos.

Ela voltou para o carro. Pelo menos conseguiria dirigir até em casa. Lembrava-se de como dirigir.

O pensamento de que Obsidian deveria ser enterrado lhe ocorreu antes que chegasse ao carro, e ela vomitou.

Tinha encontrado e perdido aquele homem tão depressa. Era como se tivesse sido arrancada do conforto e da segurança e recebido uma surra repentina, inexplicável. Sua mente não funcionava. Ela não conseguia pensar.

De algum modo, obrigou-se a voltar até ele, olhar para ele. Viu-se de joelhos ao lado dele sem lembrança de ter ajoelhado. Acariciou seu rosto, sua barba. Uma das crianças fez um ruído e ela as olhou, olhou a mulher que provavelmente fora a mãe delas. As crianças retribuíram o olhar, assustadas, evidentemente. Talvez tenha sido o medo que sentiam que finalmente a tocou.

Ela estava prestes a partir de carro e abandoná-las. Quase fez isso, quase abandonou duas crianças de colo para morrer. Com certeza houve morte suficiente. Teria de levar as crianças para casa consigo. Não seria capaz de lidar pelo resto da vida com qualquer outra decisão. Procurou à sua volta um lugar para enterrar os três corpos. Ou dois. Se perguntou se o assassino era o pai das crianças. Antes do silêncio, os policiais sempre diziam que alguns dos chamados mais perigosos que atendiam eram chamados de problemas domésticos. Obsidian deveria estar ciente disso – não que esse conhecimento fosse mantê-lo no carro. Também não a teria detido. Ela não conseguiria ver aquele assassinato e não fazer nada.

Arrastou Obsidian na direção do carro. Não trazia consigo nada com que pudesse cavar e ninguém para vigiar enquanto cavasse. Melhor levar os corpos e enterrá-los perto de seu marido e de seus filhos. Obsidian iria com ela para casa, afinal.

Quando já o tinha colocado no assoalho dos bancos de trás, voltou para buscar a mulher. A menininha – magra, suja, solene – ficou de pé e, sem saber, deu um presente para Rye. Quando Rye começou a puxar a mulher pelos braços, a menininha gritou:

— Não!

Rye soltou a mulher e encarou a menina.

— Não! — a menina repetiu. Ela ficou em pé ao lado da mulher. — Vá embora! — falou para Rye.

— Não fale — o menininho disse a ela. Não eram sons sem articulação ou confusos. As duas crianças falaram e Rye compreendeu. O menino olhou para o assassino morto e afastou-se dele. Segurou a mão da menina. — Fique quieta — murmurou.

Uma fala fluente! Será que a mulher morreu porque conseguia falar e ensinou seus filhos a falarem? Será que foi assassinada pela raiva inflamada de um marido ou pela inveja furiosa de um estranho? Ou será que aquelas crianças eram simplesmente imunes? Certamente tinham tido tempo de adoecer e cair no silêncio. O pensamento de Rye avançou. E se as crianças de três anos ou menos estivessem a salvo e fossem capazes de aprender línguas? E se tudo de que precisavam fossem professores? Professores e protetores.

Rye lançou um olhar para o assassino morto. Envergonhada, achou que, fosse ele quem fosse, ela conseguia compreender algumas das paixões que deviam tê-lo motivado. Raiva, frustração, desesperança, uma inveja insana... Quantos outros havia como ele, pessoas dispostas a destruir o que não podiam ter?

Obsidian tinha sido um protetor, tinha escolhido aquele papel sabe-se lá por que motivo. Talvez vestir um uniforme obsoleto e patrulhar as ruas vazias fosse o que ele fazia para não colocar uma arma na boca. E, agora que havia algo que merecia proteção, ele estava morto.

Ela fora uma professora. E fora boa nisso. Também tinha sido uma protetora, embora apenas para si mesma. Mantivera-se viva quando não tinha motivos para viver. Se a doença deixasse aquelas crianças em paz, ela conseguiria mantê-las vivas.

De algum modo, ela ergueu a mulher morta nos braços e a colocou no banco traseiro do carro. As crianças começaram a chorar, mas ela ajoelhou-se na calçada destruída e sussurrou para elas, temendo assustá-las com a aspereza de sua voz há tanto tempo sem uso.

— Está tudo bem — disse a elas. — Vocês também vão conosco. Vamos. — Ela ergueu as duas crianças, uma em cada braço. Eram tão leves. Será que estavam recebendo comida suficiente?

O menino tapou a boca dela com a mão, mas ela virou o rosto.

— Está tudo bem eu falar — disse a ele. — Desde que não tenha ninguém por perto, está tudo bem. — Ela colocou o menino no assento da frente e, sem que lhe fosse pedido, ele abriu espaço para a menina. Quando os dois estavam no carro, Rye se encostou na janela, olhando para eles, percebendo que agora estavam menos assustados, que ao menos a observavam com curiosidade, tanto quanto medo.

— Sou Valerie Rye — ela disse, saboreando as palavras. — Está tudo bem, vocês podem falar comigo.

Nota da autora

"Sons da fala" foi concebido em estado de exaustão, depressão e tristeza. Comecei o conto sentindo pouca esperança ou estima pela espécie humana, mas, quando cheguei ao final dele, minha esperança tinha voltado. Ela sempre parece voltar. Eis a história por trás de "Sons da fala".

No início dos anos 1980, uma grande amiga descobriu que estava morrendo de mieloma múltiplo, um tipo particularmente perigoso e doloroso de câncer. Eu já tinha perdido parentes idosos e amigos da família antes, mas nunca uma amiga pessoal. E nunca havia visto uma pessoa tão jovem morrer lenta e dolorosamente por uma doença. Levou um ano para que minha amiga morresse, e eu adquiri o hábito de visitá-la todos os sábados e de levar comigo o último capítulo do romance em que estava trabalhando. Por acaso, era *Clay's Ark* [*A arca de Clay*]. Com sua história de doença e morte, o livro era completamente inadequado para aquela situação. Mas minha amiga sempre leu meus romances. Insistia que queria ler esse também. Eu desconfiava que nenhuma de nós duas acreditava que ela viveria para lê-lo em sua forma final, embora, é claro, não falássemos sobre isso.

Mesmo assim, todos os sábados eu pegava um ônibus (eu não dirijo) e ia até seu quarto no hospital ou seu apartamento. Ela ficava mais magra, mais fraca, e queixosa por causa da dor. E eu ficava mais deprimida.

Certo sábado, quando me sentei em um ônibus lotado e malcheiroso, tentando impedir que as pessoas pisassem em minha unha encravada e tentando não pensar em coisas terríveis, notei uma confusão se formando bem à minha frente. Um homem decidiu que não gostou do modo como outro olhava para ele. Não gostou nada! É difícil saber para onde olhar quando você está imprensado no lugar em um ônibus lotado.

O homem imprensado argumentou que não tinha feito nada de errado, e não tinha. Ele se moveu aos poucos na direção da saída, como se tivesse a intenção de se safar de uma situação potencialmente danosa. Depois se virou e retomou a discussão. Talvez seu orgulho estivesse envolvido. Por que raios deveria ser ele a fugir?

Dessa vez, o outro cara decidiu que era sua namorada, sentada a seu lado, que estava sendo olhada de forma inapropriada. Atacou.

A luta foi curta e sangrenta. O restante de nós, os outros passageiros, se esquivou, gritou e tentou evitar ser atingido. No fim, o responsável pelo ataque e sua namorada abriram caminho e saíram do ônibus, com medo de que o motorista chamasse a polícia. E o cara do orgulho ferido, atordoado e ensanguentado, olhava ao redor como se não estivesse certo do que havia acontecido.

Eu fiquei sentada onde estava, mais deprimida do que nunca, odiando toda aquela situação desesperadora e absurda, me perguntando se a espécie humana algum dia amadureceria o suficiente para aprender a se comunicar sem usar os punhos de um jeito ou de outro.

E a primeira frase do conto me ocorreu: "Havia confusão a bordo do ônibus Washington Boulevard".

ATALHO

Naquele dia, no trabalho, a colocaram para soldar conectores J9 em um fio, e esperavam que ela produzisse duas vezes mais do que todas as outras pessoas. E ela produziu, óbvio, mas sua única recompensa foi o ressentimento das garotas mais lentas da linha de montagem, porque estava fazendo com que parecessem incompetentes.

No almoço, duas delas se aproximaram da mesa de canto isolada em que ela estava e pediram que fosse mais devagar. Era assim. Se ela produzia bem, as outras funcionárias se ressentiam e o chefe dela a ignorava. Se a produção caía, as outras funcionárias a ignoravam e o chefe escrevia "atitude negativa" em sua avaliação profissional. Ela não recebia aumento havia dois anos. Já teria pedido demissão há muito tempo se não tivesse medo de tentar recomeçar do zero outra vez em outro lugar, onde as pessoas poderiam ser até piores.

À tarde, tudo que queria eram duas ou três aspirinas e cama. Não tinha dor de cabeça havia três meses, e aquela a assustou.

Mas, como de costume, conseguiu chegar ao fim do dia. Quando saiu, até estava com fome o bastante para desviar do caminho e passar na mercearia para pegar alguma coisa enlatada para o jantar. Foi a dor de cabeça que a levou a fazer o trajeto mais curto até a loja de bebidas em vez de ir à mercearia. *Foi a dor de cabeça.*

A loja de bebidas ficava em uma esquina, a apenas dois quarteirões de onde ela trabalhava. E ficava em frente a um salão de bilhar e um bar, perto de um hotel barato. Isso fazia dali o ponto de encontro de certos tipos de pessoas.

Havia uma turma na esquina quando ela chegou. Além dos bêbados e das prostitutas de praxe, também tinha uma turma de meninos, adolescentes entediados o suficiente para não a ignorarem. Por um instante, cochicharam entre si, rindo. Então, quando ela passou por eles, os gritos começaram.

— Ei, Jeffery, olha lá a sua mãe!

— Dona, você não deveria ter deixado um carro atropelar sua cara!

— Ei, dona, esse garoto diz que você é o tipo dele!

Um bebum chegou perto dela.

— Vem, benzinho, vamos subir lá pro meu quarto.

Ela se arrastou para fora da nuvem de álcool que o envolvia e entrou na loja. O vendedor foi grosseiro com ela, porque era grosseiro com todo mundo. Ele não importava mais que os outros. Quando ela saiu, o bebum tentou puxá-la pelo braço.

— Vem cá, tua pressa não é tanta assim pra não falar comigo...

Ela quase correu dele, mal controlando o nojo. Deixou-o de pé, cambaleando um pouco no meio da rua, vendo-a partir.

Quando se aproximou do hotel, percebeu alguém parado na entrada estreita. Um homem que tinha alguma coisa no rosto. Alguma coisa... Ela quase deu a volta e andou na direção do bêbado. Mas o homem saiu e se aproximou durante o momento de hesitação dela. Ela olhou em volta, depressa, com os olhos arregalados de medo. Ninguém estava prestando atenção nela. Até o bebum tinha começado a se afastar.

O homem disse:

— Não vou desaparecer se você me ignorar.

Ele tinha uma cicatriz que descia pelo lado esquerdo do rosto, do olho até o queixo. Quando falava, sorria ou franzia o rosto, a cicatriz se movia e ela podia ficar olhando para aquilo e ignorar todo o resto. Às vezes, conseguia até evitar ouvi-lo. Olhou para cicatriz e pensou depressa.

— Então você saiu.

Não havia nada além de amargura na voz dela. Ele riu e a cicatriz ondulou como um verme.

— Hoje de manhã. Achei que você fosse me encontrar.

— Não achou, não. Eu falei para você, três meses atrás: por mim, você podia ficar trancado para sempre.

— E na época você também não queria dizer isso. Noventa dias. É muito tempo.

— Você devia ter pensado nisso antes de se meter em briga.

— É. O cara me bate e puxa uma faca. Eu tinha todo o tempo do mundo para lembrar que você não queria que eu brigasse. — Ele se calou por um momento. — Sabe, você poderia ter ido me ver uma vez enquanto eu estava lá dentro.

— Desculpa. — Seu tom era falso, e sem nenhuma tentativa de esconder a falsidade.

Ele fez um ruído de repulsa.

— No dia em que você se desculpar por alguma coisa...

— Certo. Não me desculpo. Não dou a mínima. — Ela semicerrou os olhos e jogou as palavras nele. — Por que você não vai procurar uma garota que visite você da próxima vez que for preso?

Quando ele falou, a cicatriz mal se moveu.

— As coisas mudaram tanto assim em três meses?

— Mudaram tanto assim.

— Você achou outro para, tipo, ajudar você a me esquecer?

Aí ela riu, uma vez, com total amargura.

— Outro, não, benzinho. Dúzias! Você não viu todos eles ali atrás, na esquina? Mal podiam esperar para ficar comigo!

Falando baixo:

— Tá bom. Tá bom, fica quieta. — Ele a enlaçou com o braço e a levou até o apartamento dela.

Depois de comerem e transarem, ela se sentou, com a cabeça entre as mãos, tentando não pensar, enquanto ele falava. Não prestou atenção até ele fazer uma pergunta que ela queria responder.

— Você nunca quis que um cara de aparência decente viesse e tirasse você daquela fábrica, dessa espelunca onde você mora... e de perto de mim?

— E o que um cara de aparência decente ia querer comigo?

Em vez de responder, ele disse:

— Você ainda tem aquele vidro de remédios para dormir no seu armário?

Como ela não respondeu, ele foi olhar.

— Agora tem esses que não precisam de receita — ele comentou, quando voltou. — O que aconteceu com os outros?

— Joguei na privada.

— Por quê?

Mais uma vez, ela não respondeu.

Depois de um instante, ele disse, com mais delicadeza:

— Quando?

— Quando eu... quando colocaram você na cadeia.

— E você agiu como se não esperasse me ver outra vez.

Ela balançou a cabeça.

— Não.

— Minha vontade de morrer não é maior do que a sua.

Ela se levantou de um salto e deu uma espiada nele. Ele sabia que não valia a pena falar daquele jeito. Fez aquilo para magoá-la. Só isso.

Ela disse:

— Prefiro morrer a ficar aqui, voltando ao lugar onde paramos três meses atrás.

— Então, por que jogar as pílulas fora?

— Para conseguir viver. Sem você.

Ele sorriu.

— E quando foi que você decidiu que não conseguia?

Ela atirou o pesado cinzeiro de vidro que estava ao lado da cama. Passou bem longe dele, fez uma marca na parede e quebrou em três pedaços.

Ele olhou para os pedaços e depois para ela.

— Você teria mirado melhor se quisesse me acertar.

Ela começou a chorar e não percebeu quando o choro virou grito.

— Vai embora daqui! Me deixa em paz! *Me deixa em paz!*

Ele não deu um passo.

Então, a vizinha bateu à porta para saber o que era todo aquele barulho. Ela se acalmou o suficiente para abrir a porta, mas, quando estava assegurando à mulher que estava tudo bem, ele apareceu por trás dela e ficou ali em pé. Ela não precisou olhar para trás para perceber que ele estava ali. Mesmo assim, não chegou nem perto de perder o controle.

Até que a vizinha disse:

— Você deve estar solitária aqui, sem ninguém. Por que não vem até o meu apartamento conversar um pouco?

Era como se a vizinha estivesse fazendo uma piada estúpida e infantil sobre ela. Deveria ter sido uma piada. De qualquer maneira, conseguiu se livrar da mulher sem perder o controle.

Depois, se virou e fixou os olhos no homem; a cicatriz desfigurou um rosto que tinha sido bonito. Ela balançou a cabeça, chorando outra vez, mas sem dar atenção às lágrimas. Ele pareceu saber que não valia a pena tocar nela.

Depois de um tempo, ela pegou o casaco e saiu.

— Vou com você.

O olhar que ela lançou continha toda a violência acumulada do dia.

— Faça o que quiser.

Pela primeira vez, ela viu medo nos olhos dele.

— Aonde você vai?

Ela disse:

— Você não tinha que me encontrar na rua hoje. Ou vir até a porta agora. Você não tinha que falar sobre...

— Jane, para onde você vai?

Havia poucas coisas que ela detestasse mais do que o próprio nome. Em todo o tempo que estiveram juntos, ele não conseguiu usá-lo mais do que duas vezes. Ela bateu com a porta na cara dele.

— O que eu sou para precisar de você?

Ela queria ter dito as palavras olhando para ele, mas não importava. Era só mais uma das coisas que não tinha coragem de fazer. Como aceitar a solidão, morrer ou...

Ela refez o caminho até a loja de bebidas. Os garotos tinham partido, mas o bebum ainda estava lá, encostado em um poste telefônico, segurando um saco com o formato da garrafa que estava dentro.

— Então você voltou, hein?

Ele não conseguia ficar em pé a uma certa distância e falar. Tinha que colocar a cara bem perto da dela. Por um ato de determinação, ela não vomitou.

Ele estendeu o saco para ela.

— Pode tomar um pouco, se quiser. Tenho mais no meu quarto...

Ela olhou para a garrafa por um instante, então quase a arrancou dele. Bebeu sem se dar o tempo de sentir o gosto, pensar ou se engasgar. Vivera perto de gente bêbada a maior parte da vida. Sabia que nada teria importância se conseguisse engolir o suficiente.

Deixou o bebum levá-la até o hotel. Um homem com uma cicatriz no rosto vinha descendo o quarteirão na direção deles. Ela bebeu mais um gole da garrafa e esperou ele desaparecer.

Nota da autora

Nos empreguinhos horríveis que eu arrumava em fábricas, armazéns, indústrias de alimentos processados, escritórios e lojas de varejo, sempre parecia haver uma ou duas pessoas esquisitas. Todo mundo sabia quem eram. Às vezes, realmente estavam tomando medicamentos, às vezes, não. Com ou sem medicação, tinham problemas sérios, evidentes.

Eu vivia com medo de me juntar a elas. Achava que aqueles empregos maçantes, opressivos, eram capazes de levar qualquer um à loucura. Imagino que a maioria das pessoas que trabalhavam comigo me achavam bem esquisita. Eu passava meus intervalos escrevendo, ou estava cansada e irritada por acordar muito cedo para escrever em casa.

"Atalho" não só é resultado daquela época como foi escrito naquela época. Foi escrito no verão de 1970 na oficina Clarion para escritores de ficção científica e fantasia. Quando fui para a Clarion, ainda não tinha vendido nenhuma das minhas histórias. Então, Robin Scott Wilson, diretor da Clarion na época, comprou "Atalho" e Harlan Ellison comprou outra das minhas histórias. Fiquei extremamente contente. Pensei que estava me tornando escritora. Sem mais fracassos e trabalhos subalternos. Na verdade, foram mais cinco anos de cartas de rejeição e empreguinhos horríveis pela frente antes que eu vendesse mais uma palavra.

Não alucinei nem recorri ao álcool, como faz a personagem de "Atalho", mas continuei reparando nas esquisitices de todas as empresas onde trabalhei e elas ficavam me assombrando para voltar à máquina de escrever sempre que eu me desviava.

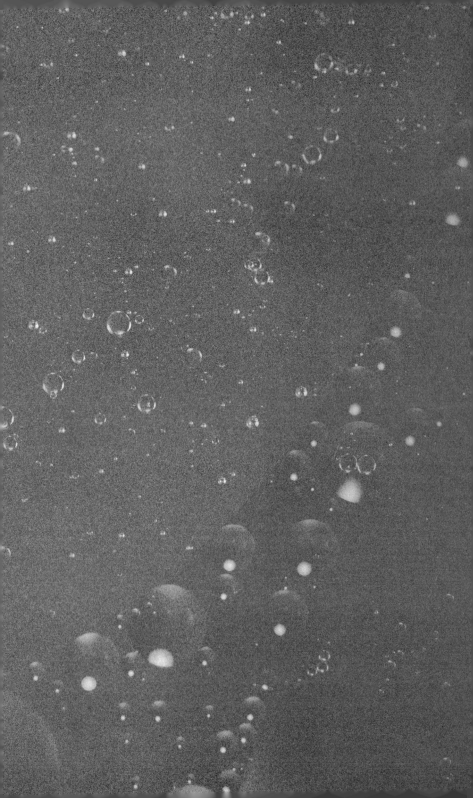

DOIS ENSAIOS

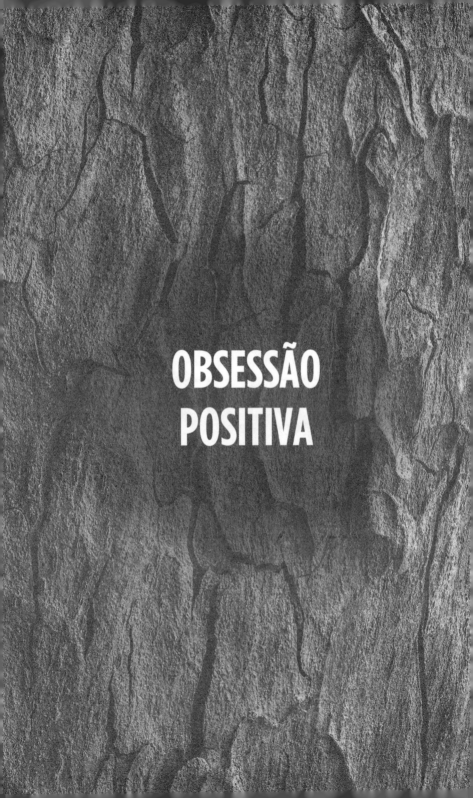

1

Minha mãe lia histórias de ninar para mim até meus seis anos. Foi um ataque furtivo da parte dela. Assim que realmente comecei a gostar das histórias, ela disse:
— O livro está aqui. Agora leia você.
Ela não sabia o que estava tramando para nós duas.

2

— Acho — minha mãe me disse um dia, quando eu tinha dez anos — que todo mundo tem alguma coisa que é capaz de fazer melhor do que qualquer outra. Cabe a cada um descobrir que coisa é essa.
Estávamos na cozinha, perto do fogão. Ela estava alisando meu cabelo enquanto eu me debruçava sobre um caderno que alguém jogara fora, e escrevia. Tinha decidido escrever algumas das histórias que vinha contando a mim mesma ao longo dos anos. Quando não tinha histórias para ler, aprendi a inventá-las. Agora estava aprendendo a colocá-las no papel.

3

Eu era tímida, tinha medo da maioria das pessoas, da maioria das situações. Não parava para me perguntar como as coisas poderiam me ferir ou mesmo se poderiam me ferir. Apenas tinha medo.

Entrei na minha primeira livraria cheia de medos vagos. Consegui guardar uns cinco dólares, a maior parte em moedas. Era 1957. Cinco dólares era muito dinheiro para alguém de dez anos.

A biblioteca pública tinha sido minha segunda casa desde que eu tinha seis anos e eu era proprietária de vários livros de segunda mão. Mas agora eu queria um livro novo, um que eu tivesse escolhido, um que eu pudesse guardar.

— Crianças podem entrar aqui? — perguntei à mulher do caixa depois de ter entrado.

Eu quis dizer: "Crianças negras podem entrar?". Minha mãe, nascida na zona rural da Louisiana e criada em meio a uma rigorosa segregação racial, tinha me alertado de que talvez eu não fosse bem-vinda em todos os lugares, mesmo na Califórnia.

— Claro que pode entrar — respondeu a mulher do caixa. Depois, como se pensasse melhor, ela sorriu. Relaxei.

O primeiro livro que comprei descrevia as características das diversas raças de cavalos. O segundo descrevia estrelas e planetas, asteroides, luas e cometas.

4

Minha tia e eu estávamos na cozinha, conversando. Ela estava cozinhando alguma coisa que tinha um cheiro bom, e eu estava sentada na mesa da casa dela, observando. Um luxo. Em casa, minha mãe teria me colocado para ajudar.

— Quero ser escritora quando eu crescer — falei.

— Quer? — perguntou minha tia. — Ah, que legal, mas você também vai precisar arrumar um emprego.

— Escrever vai ser meu emprego — respondi.

— Você pode escrever quando quiser. É um passatempo ótimo. Mas vai ter que ganhar a vida.

— Como escritora.

— Não seja boba.

— Estou falando sério.

— Querida… Pessoas negras não podem ser escritoras.

— Por que não?

— Apenas não podem.

— Elas também podem, sim!

Eu tinha mais convicção quando não sabia do que estava falando. Durante meus treze anos, eu nunca havia lido uma palavra impressa que eu soubesse ter sido escrita por uma pessoa negra. Minha tia era adulta. E se ela estivesse certa?

5

A timidez é uma merda.
Não é bonitinha ou feminina ou cativante. É um tormento, e é uma merda.

Passei grande parte da minha infância e da minha adolescência olhando para o chão. É um milagre eu não ter me tornado geóloga. Eu sussurrava. As pessoas estavam sempre me dizendo:

— Fale alto! Não consigo ouvir você.

Decorei os relatórios e poemas exigidos pela escola, depois chorei de soluçar por ter de recitá-los. Alguns professores me acusaram de não estudar. Alguns me perdoaram por não ser muito inteligente. Poucos perceberam minha timidez.

— Ela está tão atrasada — diziam alguns de meus parentes.

— Ela é tão boazinha e quieta — diziam as amigas bem-educadas da minha mãe.

Eu acreditei que era feia e burra, desajeitada. Socialmente falando, um desastre. Também achei que todo mundo perceberia esses defeitos se eu atraísse atenção para mim. Queria desaparecer. Em vez disso, cresci até atingir um metro e oitenta de altura.

Os garotos, em especial, pareciam supor que cresci desse jeito de propósito e que deveria ser ridicularizada por causa disso o máximo de vezes possível.

Eu me escondi em um grande caderno cor-de-rosa, um caderno que comportava uma resma inteira de papel. Nele, criei um universo para mim. Ali podiam existir um cavalo mágico, um marciano, um telepata... Lá, eu poderia estar em qualquer lugar exceto aqui, em qualquer época, exceto agora, com quaisquer pessoas, exceto aquelas.

6

Minha mãe era diarista. Tinha o hábito de trazer para casa quaisquer livros que as pessoas que a empregavam jogassem fora. Só concederam a ela três anos de escola. Depois, foi colocada para trabalhar. Filha mais velha. Acreditava apaixonadamente nos livros e na educação. Queria que eu tivesse o que lhe foi negado. Não tinha certeza sobre quais livros eu talvez pudesse usar, então trazia qualquer coisa que encontrasse no lixo. Tive livros amarelados pelo tempo, livros sem capa, livros rabiscados, pintados a lápis de cor, molhados, recortados, destroçados e até parcialmente queimados. Eu os empilhava em engradados de madeira e estantes de segunda mão e os lia quando estava pronta para eles. Alguns eram avançados demais para mim quando os peguei, mas com eles eu amadureci.

7

Obsessão, de acordo com meu dicionário da Random House, é "a dominação dos pensamentos ou sentimentos de alguém por uma ideia, imagem ou um desejo persistentes". A obsessão pode ser um instrumento útil se for uma obsessão positiva. Usá-la é como mirar atentamente numa competição de arco e flecha.

Fiz tiro com arco na escola porque não era um esporte coletivo. Gostava de alguns dos esportes coletivos, mas no tiro com arco eu me saía bem ou mal de acordo com meus próprios esforços. Não havia mais ninguém para culpar. Eu queria ver o que era capaz de fazer. Aprendi a mirar alto. Mirar além do alvo. Mirar bem *ali*! Relaxar. Deixar para lá. Se você mirasse certo, acertaria na mosca. Eu via a obsessão positiva como uma forma de mirar em si mesma, sua vida, o alvo de sua escolha. Decidir o que você quer. Mirar alto. Perseguir um objetivo.

Eu queria vender uma história. Antes de saber como datilografar, eu queria vender uma história.

Catei milho com minhas histórias na Remington portátil que minha mãe comprou para mim. Eu tinha implorado por aquilo quando tinha dez anos e ela comprou.

— Você vai mimar essa criança — uma das amigas dela falou. — Para que ela precisa de uma máquina de escrever na idade dela? Logo isso vai estar largado no armário, coberto de pó. Todo esse dinheiro jogado fora!

Pedi ao meu professor de ciências, o sr. Pfaff, para datilografar uma das minhas histórias para mim, datilografá-la do jeito que tinha de ser, sem lacunas apagadas no papel e sem escrever por cima de outra palavra. Ele datilografou. E até corrigiu minha ortografia e pontuação terríveis. Até hoje estou impressionada e agradecida.

8

Eu não fazia ideia de como enviar uma história para publicação. Na biblioteca, folheei às cegas livros inúteis sobre escrita. Então, encontrei um exemplar descartado da *The Writer*, uma revista da qual nunca tinha ouvido falar. Aquele número me mandou de volta para a biblioteca para procurar por outros, e por outras revistas para escritores, para ver o que aprendia com elas.

Em muito pouco tempo, descobri como enviar uma história, e minha história estava no correio. Algumas semanas depois, recebi minha primeira carta de rejeição.

Quando fiquei mais velha, cheguei à conclusão de que receber uma carta de rejeição era como ouvir que seu bebê era feio. Você fica com raiva e não acredita em nem uma palavra daquilo. Além disso, vejam todos os bebês literários realmente feios que estão pelo mundo sendo publicados e passando bem!

9

Passei minha adolescência e parte dos meus vinte anos coletando cartas de rejeição padronizadas. Logo no começo, minha mãe perdeu US$ 61,20, uma tarifa de leitura cobrada por um suposto agente para olhar uma das minhas histórias não publicadas. Ninguém tinha contado para nós que esses agentes não deveriam receber nenhum dinheiro adiantado, não deveriam ser pagos até que vendessem sua obra. Só então eles deveriam levar dez por cento de tudo aquilo que o trabalho rendesse. A ignorância custa caro.

Aqueles US$ 61,20 eram mais do que minha mãe pagava por um mês de aluguel.

10

Atazanei pessoas amigas e conhecidas para lerem meu trabalho e elas pareceram gostar. Professores o leram e disseram coisas gentis e pouco proveitosas sobre ele. Não havia aulas de escrita criativa na minha escola secundária e nenhuma crítica útil. Na faculdade (na época, na Califórnia, a faculdade comunitária era quase de graça) fiz aulas ministradas por uma mulher idosa que escreveu histórias infantis. Ela era educada em relação à ficção científica e à fantasia que eu continuava entregando, mas, por fim, perguntou, exasperada:

— Você consegue escrever alguma coisa normal?

11

Foi realizado um concurso para toda a faculdade. Todas as inscrições tinham que ser anônimas. Meu conto conquistou o primeiro lugar. Eu era uma caloura de dezoito anos e venci, apesar da concorrência de pessoas mais velhas e mais experientes. Lindo. O prêmio de quinze dólares foi o primeiro dinheiro que minha escrita me rendeu.

Depois da faculdade, fiz trabalho administrativo por um tempo, depois trabalhei em fábricas e armazéns. Meu tamanho e minha força eram vantagens nas fábricas e armazéns. E ninguém esperava que eu sorrisse e fingisse que estava me divertindo.

Eu me levantava às duas ou três da manhã e escrevia. Depois ia trabalhar. Odiei aquilo e não tenho o dom de sofrer em silêncio. Resmunguei, reclamei, pedi demissão dos empregos, arrumei outros e colecionei mais cartas de rejeição. Um dia, indignada, as joguei fora. Por que guardar aquelas coisas inúteis e dolorosas?

12

Parece haver uma regra não escrita, perniciosa e que está em desacordo com a cultura dos Estados Unidos. Ela diz que, como pessoa negra, como mulher negra, você não deve se perguntar se pode realmente ser inferior: não ser inteligente o suficiente, não ser rápida o suficiente, não ser boa o suficiente para fazer as coisas que quer fazer. Mas, é óbvio, você se questiona. Você deve *saber* que é tão boa quanto qualquer pessoa. E, se não souber, você não deve admitir isso. Se qualquer pessoa perto de você admitir, você deve apaziguá-la depressa, para que fique calada. Esse tipo de conversa é constrangedor. Faça-se de durona, confiante, e não fale com ninguém sobre suas dúvidas. Se você nunca lidar com elas, talvez nunca se livre delas, mas não faz mal. Engane todo mundo. Até a si mesma.

Eu não conseguia me enganar. Não falava muito sobre minhas dúvidas. Não estava em busca de apaziguamentos apressados. Mas pensava muito, as mesmas coisas, indefinidamente. Quem era eu, afinal? Por que alguém deveria prestar atenção no que eu tinha a dizer? Será que eu tinha algo a dizer? Por Deus, eu estava escrevendo ficção científica e fantasia. Na época, praticamente todos os escritores profissionais de ficção científica eram homens brancos. Por mais que eu amasse o gênero, o que eu estava fazendo?

Bem, o que quer que fosse, não consegui parar. A obsessão positiva tem a ver com não ser capaz de parar apenas porque você está com medo e cheia de dúvidas. A obsessão positiva é perigosa. Tem a ver com não ser capaz de parar de jeito nenhum.

13

Eu tinha 33 anos quando, enfim, vendi meus dois primeiros contos. Vendi os dois a escritores-editores que ensinavam na Clarion, uma oficina para escritores de ficção científica de que eu estava participando. Uma das histórias acabou sendo publicada. A outra, não. Não vendi mais nem uma palavra por cinco anos. Então, finalmente vendi meu primeiro romance. Graças a Deus ninguém me disse que vender demoraria tanto, não que eu fosse acreditar. Vendi oito romances desde então. No Natal passado, quitei a hipoteca da casa da minha mãe.

14

Eu, portanto, ganho a vida escrevendo ficção científica. Até onde sei, sou a única mulher negra que faz isso. Quando comecei a fazer pequenas apresentações públicas, uma das perguntas que eu mais ouvia era:

— De que adianta a ficção científica para o povo negro?

Geralmente, quem me perguntava era uma pessoa negra. Eu dava respostas fragmentadas que não me convenciam e provavelmente não convenciam quem me questionava. A pergunta me fazia mal. Por que eu precisava justificar minha profissão a alguém?

Mas a resposta era óbvia. Havia apenas um escritor negro de ficção científica com um trabalho bem-sucedido quando eu vendi meu primeiro romance: Samuel R. Delany Jr. Agora somos quatro: Delany, Steven Barnes, Charles R. Saunders e eu. Pouquíssimos. Por quê? Falta de interesse? Falta de confiança? Uma jovem negra me disse uma vez:

— Sempre quis escrever ficção científica, mas não achava que tivesse alguma mulher negra fazendo isso.

As dúvidas se apresentam de várias maneiras. Mas ainda me perguntam: De que adianta a ficção científica para o povo negro? De que adianta qualquer gênero de literatura para o povo negro? De que adianta o pensamento da ficção científica sobre o presente, o futuro e o passado? De que adianta a tendência da ficção científica em advertir ou levar em consideração formas alternativas de pensamento e ação? De que adianta a análise dos possíveis efeitos da ciência e da tecnologia, ou da organização social e da orientação política, pela ficção científica? Em seu melhor sentido, a ficção científica estimula a imaginação e a criatividade. Coloca quem lê e quem escreve fora dos caminhos já conhecidos, fora das trilhas muito estreitas do que "todo mundo" está dizendo, fazendo, pensando, seja lá quem for "todo mundo" naquele momento.

E de que adianta tudo isso para o povo negro?

Nota da autora

Este artigo autobiográfico foi publicado originalmente na revista *Essence*, com o título de "O nascimento de uma escritora". Nunca gostei desse título. Meu título sempre foi "Obsessão positiva".

Eu disse diversas vezes que, uma vez que minha vida foi preenchida pela leitura, a escrita e pouco mais, era muito entediante escrever sobre ela. Ainda sinto isso. Estou feliz por ter escrito este texto, mas não tive prazer em escrevê-lo. Não tenho a menor dúvida de que a melhor e mais interessante parte de mim é minha escrita.

FUROR SCRIBENDI

Escrever para publicação pode ser tanto a coisa mais fácil como a mais difícil que você fará na vida. Aprender as regras, se é que podem ser chamadas de regras, é a parte fácil. Segui-las, transformá-las em hábitos ininterruptos, é uma luta constante. Eis as regras.

1

Leia. Leia sobre arte, artesanato e o negócio da escrita. Leia o tipo de obra que você gostaria de escrever. Leia boa e má literatura, ficção e realidade. Leia todos os dias e aprenda com o que leu. Se você se desloca para o trabalho ou se passa parte do dia fazendo uma atividade relativamente mecânica, escute audiolivros.

Se a sua biblioteca local não tem um bom suprimento de audiolivros, empresas como a Recorded Books, Books on Tape, Brilliance Corporation e Literate Ear podem alugar ou vender uma ampla seleção desses livros, para seu prazer e sua formação contínuos. Esses livros propiciam uma forma indolor de refletir sobre o uso da língua, os sons das palavras, conflito, caracterização, trama e a multiplicidade de ideias que você pode encontrar na história, biografia, medicina, ciências etc.

2

Faça cursos e vá a oficinas para escritores. Escrita é comunicação. Você precisa de outras pessoas para dizerem se você está comunicando o que acha que está e se está fazendo isso de formas que são não apenas acessíveis e divertidas, mas tão cativantes quanto você pode torná-las. Em outras palavras, você precisa saber que está contando uma boa história.

Você quer ser um escritor que prende os leitores até tarde da noite, não que os faz assistir à televisão. Oficinas e cursos são leitores alugados, públicos alugados, para o seu trabalho. Aprenda com comentários, perguntas e sugestões tanto dos professores como da turma. Essas pessoas relativamente estranhas são mais propensas a dizer a verdade sobre seu trabalho do que seus amigos e sua família, que podem não querer magoar ou ofender você. Uma verdade irritante que podem lhe dizer, por exemplo, é que você precisa de aulas de gramática. Se disserem isso, escute. Faça as aulas. Vocabulário e gramática são ferramentas básicas. São usadas com mais eficácia e até manipuladas com mais eficácia pelas pessoas que as compreendem. Nenhum programa de computação, nenhum amigo ou funcionário pode substituir o conhecimento pleno de suas ferramentas.

3

Escreva. Escreva todos os dias. Escreva sentindo vontade ou não. Escolha uma hora do dia. Quem sabe você possa se levantar uma hora mais cedo, ficar acordado até uma hora mais tarde, abrir mão de uma hora de lazer, ou abrir mão de sua hora de almoço.

Se não conseguir pensar em nada dentro de seu gênero preferido, mantenha um diário. Seja como for, você já deveria estar mantendo um. Escrever diários ajuda você a ser mais observador em relação a seu mundo, e um diário é um bom lugar para guardar ideias de histórias para projetos futuros.

4

Revise seus textos até que sejam o melhor que você é capaz de fazer. Toda a leitura, a escrita e as aulas devem ajudar você nisso. Verifique o que escreveu, a pesquisa (nunca negligencie a pesquisa) e a aparência de seu manuscrito. Não deixe passar nada de qualidade inferior.

Se perceber algo que precisa ser corrigido, corrija. Sem desculpas. Haverá muita coisa errada que você não vai perceber. Não cometa o erro de ignorar defeitos que são evidentes para você. No momento que perceber a si mesmo dizendo "deixa isso para lá, está bom o suficiente", pare. Volte. Corrija o defeito. Crie o hábito de fazer o melhor que pode.

5

Envie seu trabalho para publicação. Primeiro, pesquise os mercados que são de seu interesse. Procure e estude os livros ou revistas das editoras para as quais quer vender. Então, envie seu trabalho. Se a ideia de fazer isso assustar você, tudo bem. Vá em frente e fique com medo. Mas envie seu trabalho mesmo assim.

Se for rejeitado, envie-o outra vez, e outra vez. As rejeições são dolorosas, mas inevitáveis. São o rito de passagem de qualquer escritor. Não desista de uma obra que não consegue vender. Talvez você consiga vendê-la para publicações novas ou editores novos de antigas publicações. Na pior das hipóteses, você deveria ser capaz de aprender com a obra rejeitada. Pode até ser capaz de usar todo o texto ou parte dele em uma nova obra. De um jeito ou de outro, escritores podem usar ou ao menos aprender com todas as coisas.

6

Aqui vão alguns possíveis obstáculos sobre os quais se esquecer:

Primeiro, esqueça a inspiração. O hábito é mais confiável. O hábito vai sustentar você se estiver inspirado ou não. O hábito vai ajudar você a concluir e lapidar suas histórias. A inspiração, não. Hábito é persistência e prática.

Esqueça o *talento*. Se você o possui, ótimo. Se não possui, não faz mal. Assim como o hábito é mais confiável do que a inspiração, o aprendizado contínuo é mais confiável do que o talento. Nunca permita que o orgulho ou a preguiça impeçam você de aprender, de aprimorar seu trabalho, de mudar de direção quando necessário. A persistência é essencial para qualquer escritor: a persistência para terminar sua obra, para continuar escrevendo apesar da rejeição, para estudar, apresentar sua obra para venda. Mas a teimosia, a recusa em alterar um comportamento improdutivo ou em revisar um trabalho invendível pode ser fatal para suas esperanças como escritor.

Por fim, não se preocupe com a imaginação. Você tem toda a imaginação de que precisa e toda a leitura, a escrita de diários e o aprendizado que estiver fazendo vão estimulá-la. Brinque com suas ideias. Divirta-se com elas. Não se preocupe em ser ingênuo ou escandaloso ou impróprio. Grande parte da escrita é diversão. É, em primeiro lugar, deixar que seus interesses e sua imaginação levem você para todos os lugares. Uma vez que seja capaz de fazer isso, você terá mais ideias do que consegue empregar. É então que começa o verdadeiro trabalho: dar a elas a forma de uma história. Continue nele.

Persista.

Nota da autora

Escrevi esse breve ensaio para a série de antologias *Writers of the Future* (*L. Ron Hubbard presents Writers of the Future IX*). A série apresenta o trabalho de novos escritores e meu ensaio é uma versão compacta de uma palestra que fiz para grupos de novos escritores.

A última palavra do ensaio é a palavra mais importante. Escrever é difícil. Você faz tudo sozinho, sem incentivo e sem qualquer certeza de que será publicado ou pago ou mesmo de que será capaz de terminar a obra específica que começou. Não é fácil persistir em meio a tudo isso. É por esse motivo que intitulei este ensaio curto e leve "*Furor Scribendi*": "Fúria pela escrita". "Fúria", "obsessão positiva", "necessidade abrasadora de escrever"... Chame do que quiser, é uma emoção propícia.

Às vezes, quando sou entrevistada, o entrevistador ou me elogia por meu "talento", meu "dom", ou me pergunta como o descobri. (Não sei, talvez ele devesse estar deitado em meu armário ou em algum lugar pelas ruas esperando ser descoberto.) Eu costumava lutar para responder a isso de maneira educada, para explicar que não acreditava muito em talento para a escrita. As pessoas que querem escrever ou escrevem ou não. Por fim, comecei a dizer que meu talento, ou hábito, mais importante era a *persistência*. Sem ele, eu teria desistido de escrever muito antes de finalizar meu primeiro romance. É espantoso o que podemos fazer simplesmente nos recusando a desistir.

Suspeito que essa seja a coisa mais relevante que disse em todas as minhas entrevistas e palestras, bem como neste livro. É uma verdade que se aplica além da escrita, se aplica a tudo que é importante, mas difícil, a tudo que é importante, mas assustador. Somos capazes de subir tão mais alto do que, em geral, nos permitimos imaginar.

Novamente, a palavra é: "persista"!

NOVAS
HISTÓRIAS

ANISTIA

A esférica Comunidade-alienígena, que atingia facilmente os quatro metros de altura e largura, deslizou para dentro do amplo e mal iluminado salão de produção de alimentos da contratante da tradutora Noah Cannon. A alienígena era incongruentemente rápida e graciosa, mantendo-se nos corredores, sem sequer roçar nos canteiros de frágeis fungos comestíveis. Parecia-se um pouco, pensou Noah, com um grande arbusto escuro, envolto em musgo e com uma copa com folhas de formato irregular, musgos cheios de filamentos e trepadeiras retorcidas que luz alguma atravessava. Tinha alguns galhos grossos e nus saindo do corpo principal, quebrando a simetria e fazendo com que a Comunidade parecesse precisar seriamente de uma poda.

Noah soube que lhe seria oferecido o novo posto de trabalho que ela vinha solicitando no instante em que viu a Comunidade e percebeu que sua empregadora, um arbusto escuro e denso, um pouco menor e mais bem-conservado, se afastou dela.

A Comunidade-alienígena pousou, aplanando sua base e permitindo que seus organismos de mobilidade migrassem para cima e descansassem. A Comunidade-alienígena voltou então sua atenção para Noah, emitindo eletricidade e ziguezagueando, criando um quadro visível na vasta escuridão de seu corpo. Ela sabia que o quadro elétrico era uma fala, embora não conseguisse ler o que dizia. As Comunidades falavam desse jeito entre si e consigo mesmas, mas a luz que produziam se movia depressa demais para que Noah pudesse sequer começar a aprender a língua. Porém, o fato de que ela via o quadro significava que os entes de comunicação da Comunidade-alienígena estavam se dirigindo a ela. As Comunidades usavam seus organismos momentaneamente inativos para blindar a comunicação contra qualquer um de fora a quem não estivessem se dirigindo.

Ela olhou para a contratante e viu que sua atenção não estava nela. A Comunidade não tinha olhos perceptíveis, mas seus entes de visão lhe serviam muito bem, quer ela pudesse enxergá-los ou não. Eles tinham se agrupado para se parecerem mais com uma pedra afiada do que com um arbusto. As Comunidades faziam isso quando desejavam dar privacidade aos outros ou simplesmente se dissociar dos negócios em tramitação. Sua empregadora tinha avisado que o trabalho que lhe seria oferecido poderia ser desagradável, não apenas pela costumeira hostilidade dos seres humanos que ela encontraria pela frente, mas porque a subcontratante teve pouco contato com seres humanos. O vocabulário da empregadora na língua comum, criada a duras penas para possibilitar que humanos e Comunidades conversassem uns com os outros, era, na melhor das hipóteses, rudimentar, assim como seu entendimento sobre as habilidades e limitações humanas. Tradução: acidental ou propositalmente a subcontratante provavelmente a machucaria. Sua empregadora tinha dito que ela não precisava aceitar aquele emprego, que a apoiaria se decidisse não trabalhar para essa subcontratante. E, de qualquer forma, não tinha aprovado totalmente a decisão de se candidatar ao cargo. Agora, a desatenção deliberada da empregadora tinha mais a ver com dissociação do que com gentileza ou privacidade.

"Você está por conta própria", dizia a postura da empregadora, e ela sorriu.

Não conseguiria trabalhar para uma Comunidade que não fosse capaz de deixar-se de lado e permitir que ela tomasse as próprias decisões. Ainda assim, a empregadora não foi cuidar de suas coisas nem a deixou sozinha com a alienígena. Esperou.

E lá estava a subcontratante fazendo sinais de luz para ela.

Obediente, ela se aproximou o suficiente para que as pontas do que pareciam ser os ramos e galhos mais externos, cobertos de musgo, tocassem sua pele exposta. Ela vestia apenas shorts e regata. As Comunidades prefeririam que ela ficasse nua e, nos longos anos de cativeiro, ela não teve escolha. Agora não era mais uma cativa e insistia em usar ao menos o básico. A empregadora acabou por aceitar isso e agora se recusava a emprestá-la a subcontratantes que negassem a ela o direito de usar roupas.

Essa subcontratante a enredou imediatamente, puxando-a para cima e para o meio de seus muitos seres, primeiro erguendo-a com seus vários organismos de manipulação, depois segurando-a com o que parecia ser musgo. As Comunidades não eram plantas, mas era mais fácil pensar nelas nesses termos, já que, na maioria das vezes, muitas delas pareciam plantas.

Enredada pela Comunidade, ela não conseguia ver nada. Fechou os olhos para evitar a distração de tentar enxergar ou imaginar que enxergava. Sentiu-se rodeada pelo que pareciam ser fibras longas e secas, frondes, frutas arredondadas de vários tamanhos e outras coisas que causavam sensações não tão fáceis de identificar. Ela era, ao mesmo tempo, tocada, acariciada, massageada e comprimida de uma maneira estranhamente confortável e pacífica pela qual passou a ansiar sempre que era contratada. Foi girada e manipulada como se não pesasse nada. Na verdade, depois de alguns instantes, ela se sentiu sem peso. Tinha perdido seu senso de direção. Mesmo assim, sentia-se totalmente segura, abraçada por entes que não tinham nada que se parecesse com membros humanos. Nunca entendeu por que aquilo era prazeroso, mas em doze anos de cativeiro, aquilo fora seu único conforto certo. E tinha acontecido com frequência suficiente para que suportasse todo o resto que era feito com ela.

Felizmente, as Comunidades também achavam aquilo reconfortante – mais até do que ela.

Depois de algum tempo, ela sentiu o ritmo específico de rápidos toques de advertência em suas costas. As Comunidades apreciavam a ampla extensão de pele que as costas humanas ofereciam.

Ela moveu a mão direita em um aceno para que a Comunidade soubesse que ela estava prestando atenção.

Há seis recrutas, a Comunidade avisou pressionando suas costas. Você vai ensiná-los.

Vou, respondeu ela por meio de sinais, usando apenas as mãos e os braços.

As Comunidades apreciavam como os gestos dela eram pequenos e restritos quando ela estava enredada, e expansivos, estendendo-se das mãos para os braços e todo o corpo, quando estava fora, sem ser tocada. No começo, ela se perguntou se isso acontecia porque elas não enxergavam muito bem. Agora ela sabia que enxergavam muito melhor do que ela, enxergavam a grandes distâncias com seus entes especializados em visão, enxergavam a maioria das bactérias e alguns vírus e viam cores desde o ultravioleta até o infravermelho.

Na verdade, o motivo pelo qual preferiam os gestos amplos quando ela não estava em contato, além do fato de ser improvável que batesse ou chutasse alguém, era que gostavam de observar seus movimentos. Simples assim, esquisito assim. Aliás, as Comunidades tinham desenvolvido uma verdadeira preferência por apresentações de dança humana e por alguns eventos esportivos humanos, em especial as apresentações individuais de ginástica e patinação no gelo.

Os recrutas são desequilibrados, disse a subcontratante. Podem ser perigosos uns para os outros. Acalme-os.

Vou tentar, disse Noah. Vou responder às perguntas deles e garantir que não têm nada a temer.

No íntimo, ela suspeitava que ódio seria uma emoção mais predominante do que o temor, mas se a subcontratante não sabia disso, ela não iria contar.

Acalme-os, a subcontratante repetiu.

E ela sabia o que aquilo literalmente significava: "Transforme-os de pessoas perturbadas em trabalhadores calmos, dispostos". As Comunidades conseguiam mudar umas às outras simplesmente trocando alguns de seus entes individuais, contanto que as duas Comunidades envolvidas na troca estivessem dispostas. Muitas delas presumiam que os seres humanos também deviam ser capazes de fazer algo parecido e que, se não o faziam, estavam sendo simplesmente teimosos.

Noah repetiu: vou responder às perguntas deles e garantir a eles que não têm nada a temer. É tudo que posso fazer.

Eles ficarão calmos?

Ela inspirou fundo, sabendo que estava prestes a ser ferida: torcida ou rasgada, quebrada ou golpeada.

Muitas Comunidades puniam a recusa em obedecer às ordens, como elas entendiam aquilo, de forma menos cruel do que puniam o que entendiam como mentira. Na verdade, as punições eram resquícios dos anos em que os seres humanos eram cativos de habilidades, intelecto e percepção desconhecidos. As pessoas não deviam ser mais punidas, mas obviamente ainda eram. Agora, Noah achava que era melhor receber qualquer punição e se livrar daquilo de uma vez. Ela não tinha escapatória. Impassível, ela sinalizou: Alguns deles podem acreditar no que digo e ficar calmos. Outros precisarão do tempo e da experiência para acalmá-los.

Ela foi imediatamente agarrada com força, quase de forma dolorosa, "agarrada firme", era como as Comunidades chamavam aquilo, agarrada de modo que não pudesse sequer mover os braços, não pudesse ferir nenhum membro da Comunidade ao se debater de dor. Pouco antes que acabasse ferida apenas pela pressão, aquilo acabou.

Ela foi atingida por um choque elétrico repentino que a levou à convulsão e tirou seu fôlego com um grito rouco. Aquilo a fez ver clarões mesmo com os olhos fechados com força. E provocou contorções repentinas e torturantes em seus músculos.

Acalme-os, a Comunidade insistiu mais uma vez.

No início, ela não conseguiu responder. Levou um instante para que recuperasse o controle de seu corpo, agora dolorido e trêmulo, e compreendesse o que estava sendo dito. Levou mais outro instante para que ela fosse capaz de flexionar mãos e braços, novamente soltos, para finalmente formular uma resposta, a única resposta possível, a despeito de quanto poderia lhe custar.

Vou responder às perguntas deles e garantir que não têm nada a temer.

Ela foi agarrada com força por vários segundos, ainda, e soube que poderia receber outro choque. Mas depois de algum tempo, aconteceram vários clarões que ela enxergou pelo canto do olho, e aquilo pareceu não ter nada a ver com ela. Então, sem mais nenhuma comunicação, Noah foi colocada aos cuidados de sua empregadora e a subcontratante partiu.

Ao ser transferida de escuridão para escuridão, ela não enxergou nada. Não houve som algum além do farfalhar costumeiro das Comunidades se movimentando. Não houve alteração de odores ou, se houve, o nariz dela não era sensível o suficiente para percebê-la. Ainda assim, tinha aprendido, de alguma maneira, a reconhecer o toque de sua empregadora. E relaxou aliviada.

Você está machucada? A empregadora disse por sinais.

Não, respondeu ela. Só com as articulações doloridas e outros lugares sensibilizados. Consegui o emprego?

Claro que conseguiu. Você tem que me contar se aquela subcontratante tentar coagi-la outra vez. Ela foi avisada. Eu disse que, se ela machucasse você, eu nunca deixaria que trabalhasse para ela de novo.

Obrigada.

Houve um instante de silêncio. Então, a empregadora a acariciou, acalmando-a e contentando-se a si mesmos.

Você insiste em aceitar esses empregos, mas não pode usá-los para fazer as mudanças que quer. Sabe disso. Você não pode mudar nem seu povo nem o meu.

Posso, sim, um pouco, ela gesticulou. Uma Comunidade de cada vez, um humano de cada vez. Eu agiria mais depressa, se pudesse.

E por isso permite que subcontratantes abusem de você. Tenta ajudar seu próprio povo a enxergar novas possibilidades e compreender as mudanças que já aconteceram, mas a maioria dessas pessoas não quer escutar e odeia você.

Quero fazê-las pensar. Quero contar a elas o que os governos humanos não vão contar. Quero dar meu voto pela paz entre seu povo e o meu contando a verdade. Não sei se meus esforços vão adiantar de alguma coisa, a longo prazo, mas preciso tentar.

Espere você sarar. Descanse enredada até a subcontratante voltar para buscá-la.

Noah suspirou, satisfeita, em outro momento de quietude.

Obrigada por me ajudar, mesmo que não acredite.

Gostaria de acreditar. Mas você não conseguirá sucesso. Neste exato momento grupos do seu povo estão procurando maneiras de nos destruir.

Noah fez uma expressão de dor.

Eu sei. Vocês conseguem detê-los sem matá-los?

A empregadora a deslocou. Acariciou-a.

Provavelmente não, ela sinalizou. De novo, não.

— Tradutora — Michelle Ota começou a falar enquanto os candidatos seguiam para a sala de reunião —, esses... essas coisas... realmente entendem que somos inteligentes?

Ela seguiu Noah até a sala de reunião, esperou para ver onde ela iria se sentar, e se sentou ao lado dela. Noah percebeu que Michelle Ota era uma das duas únicas pessoas, em seis candidatos, que estava disposta a se sentar a seu lado até mesmo naquela sessão informal de perguntas e respostas. Noah tinha informações de que eles precisavam. Estava realizando uma atividade que alguns deles poderiam continuar algum dia e, ainda assim, o motivo pelo qual desconfiavam dela era aquela atividade (tradutora e encarregada de pessoal para as Comunidades) e o fato de que ela podia fazê-la. A segunda pessoa que quis se sentar perto dela foi Sorrel Trent. Ela estava interessada na espiritualidade alienígena, o que quer que fosse isso.

As outras quatro pessoas candidatas ao emprego escolheram deixar cadeiras vazias entre si e Noah.

— Óbvio, as Comunidades sabem que somos inteligentes — respondeu Noah.

— Quer dizer, eu sei que você trabalha para elas. — Michelle Ota a olhou, hesitou e depois continuou: — Também quero trabalhar para elas. Porque elas, pelo menos, estão contratando. Quase ninguém mais está. Mas o que elas pensam de nós?

— Elas vão oferecer contratos a alguns de vocês em breve — Noah informou. — Não perderiam tempo fazendo isso se os confundissem com gado.

Ela relaxou as costas contra a cadeira, observando algumas das seis outras pessoas na sala pegarem água, frutas ou castanhas dos aparadores. A comida era boa, limpa e gratuita para eles, fossem ou não contratados. Era também, ela sabia, a primeira refeição para a maioria deles naquele dia. Naquela época de aperto, a comida era cara e a maioria das pessoas tinha sorte de comer uma vez por dia. Ela gostava de vê-los apreciando aquilo. Fora ela que insistira para que houvesse comida nas salas de reunião durante as sessões de perguntas e respostas.

Ela mesma estava apreciando o conforto raro de usar sapatos, calças compridas pretas de algodão e uma túnica solta e colorida. E havia móveis planejados para o corpo humano: uma poltrona estofada com espaldar alto e uma mesa em que ela conseguia comer e descansar os braços. Não tinha móveis como aqueles no alojamento dentro da Bolha do Mojave.

Desconfiava que agora poderia ter ao menos os móveis, se pedisse à sua empregadora, mas não pediu. Não queria pedir. Coisas humanas eram para espaços humanos.

— Mas o que significa o contrato para criaturas que vêm de outro sistema estelar? — Michelle Ota quis saber.

Rune Johnsen falou:

— Sim, é interessante como essas criaturas assumem modos locais, terrenos, quando isso lhes convém. Tradutora, você realmente acredita que vão se considerar obrigadas por qualquer coisa que assinem? Ainda que não tenham mãos, só Deus sabe como elas conseguem assinar alguma coisa.

— Vão considerar que tanto elas quanto vocês estão obrigados caso ambas as partes tenham assinado — disse Noah. — E, sim, elas conseguem fazer marcas altamente particulares que servem como assinaturas. Gastaram grande parte de seu tempo e de seus recursos neste país com tradutores, advogados e políticos, descobrindo coisas para que cada Comunidade fosse levada em conta como uma "pessoa" legal, cuja marca de individualidade fosse aceita. E por vinte anos, desde então, têm honrado seus contratos.

Rune Johnsen balançou a cabeça loira.

— Ao todo, estão na Terra há mais tempo do que eu estou vivo, e ainda assim, parece errado que estejam aqui. Parece errado que existam. Sequer as odeio, e ainda assim, parece errado. Suponho que seja porque, mais uma vez, fomos desalojados do centro do universo. Digo, nós, seres humanos. Ao longo da história, nos mitos e na ciência, continuamos nos colocando no centro e, depois, sendo despejados.

Noah sorriu, surpresa e satisfeita.

— Percebi as mesmas coisas. Agora nos encontramos em uma espécie de rivalidade fraterna com as Comunidades.

Existe outra vida inteligente. O universo tem outras crias. Nós sabíamos, mas, enquanto não chegavam aqui, podíamos fingir o oposto.

— Isso é besteira! — disse outra mulher. Thera Collier era o nome dela, uma jovem grande, nervosa e ruiva. — Essas pragas vieram sem serem convidadas, roubaram nossa terra e sequestraram nosso povo. — Ela estava comendo uma maçã. Bateu-a com força na mesa, esmagando o que sobrara, espirrando seu líquido. — É disso que precisamos nos lembrar. É quanto a isso que precisamos fazer algo.

— Fazer o quê? — perguntou outra mulher. — Estamos aqui para arrumar emprego, não para lutar.

Noah buscou na memória o nome dessa pessoa que falava e encontrou: Piedad Ruiz, uma mulher pequena, de pele marrom, que falava inglês claramente, mas com um forte sotaque espanhol. Parecia, pelo rosto e pelos braços machucados, que tinha sofrido um espancamento bastante sério nos últimos dias; mas quando Noah lhe perguntou sobre isso, antes de o grupo entrar na sala de reunião, ela ergueu a cabeça e disse que estava tudo bem e que aquilo não era nada. Alguém provavelmente não quis que ela se candidatasse para trabalhar na bolha. Considerando os boatos que se espalhavam, às vezes, sobre as Comunidades e o motivo de contratarem seres humanos, aquilo não era de se surpreender.

— O que as alienígenas contaram a você sobre a vinda delas para cá, tradutora? — perguntou Rune Johnsen.

Ele, Noah se lembrou da leitura da curta biografia que recebera junto com a candidatura, era filho de um pequeno empresário cuja loja de roupas não sobrevivera à recessão causada pela chegada das Comunidades. Rune queria cuidar dos pais e se casar. Por ironia, a solução para os dois problemas dele parecia ser trabalhar para as Comunidades por algum tempo.

— Você tem idade suficiente para se lembrar das coisas que elas fizeram quando chegaram — disse ele. — O que contaram sobre o motivo de abduzirem pessoas, matarem pessoas...?

— Elas me abduziram — Noah admitiu.

Aquilo fez a sala ficar em silêncio por vários segundos. Cada um dos seis potenciais recrutas fixou os olhos nela; refletindo, talvez, ou sentindo pena, julgando ou se preocupando, quem sabe até com horror, dúvida ou nojo. Ela tinha sido alvo de todas essas reações de recrutas e de outras pessoas que conheciam sua história. As pessoas não eram capazes de ser neutras com abduzidos. Noah costumava usar sua história como forma de provocar perguntas, acusações e, quem sabe, reflexões.

— Noah Cannon — disse Rune Johnsen, provando que ele, ao menos, tinha escutado quando ela se apresentou. — Achei que esse nome soava familiar. Você fez parte da segunda leva de abduções. Eu me lembro de ver seu nome na lista de abduzidos. Notei isso porque você foi listada como mulher. Nunca me deparei com uma mulher chamada Noah antes.

— Então elas sequestraram você e agora você trabalha para elas?

Esse foi James Hunter Adio, um jovem negro alto, esbelto, que parecia zangado. Adio aparentemente havia concluído, no momento em que se conheceram, que não gostava dela. Agora parecia não só zangado, mas enojado.

— Eu tinha onze anos quando fui levada — respondeu Noah, olhando para Rune Johnsen. — Você está certo. Fiz parte da segunda leva.

— E depois o quê? Fizeram experiências com você? — perguntou James Adio.

Noah enfrentou o olhar dele.

— Sim, fizeram. As pessoas da primeira leva sofreram mais. As Comunidades não sabiam nada a nosso respeito. Mataram alguns de nós com experiências e doenças por deficiência nutricional e envenenaram outros. Quando me sequestraram, ao menos já sabiam o suficiente para não me matar acidentalmente.

— E daí? Você as perdoa pelo que fizeram?

— Está com raiva de mim, sr. Adio, ou com raiva por mim?

— Estou com raiva porque preciso estar aqui! — respondeu ele. Ele se levantou e andou em volta da mesa, de uma ponta à outra, duas vezes, antes de se sentar outra vez. — Estou com raiva porque essas criaturas, essas pragas, podem nos invadir, arruinar nossa economia, colocar o mundo inteiro em recessão só por aparecerem. Fazem o que querem de nós e, em vez de matá-las, tudo que posso fazer é pedir um emprego a elas!

E ele precisava demais do emprego. Noah tinha lido as informações coletadas sobre ele na primeira vez que se candidatou para trabalhar para as Comunidades. Aos vinte anos, James Adio era o mais velho de sete filhos e o único em idade adulta até então. Ele precisava de um emprego para ajudar os irmãos e irmãs a sobreviver. Ainda assim, Noah suspeitava que ele iria continuar odiando as alienígenas, fosse contratado ou não.

— Como você consegue trabalhar para elas? — Piedad Ruiz sussurrou para Noah. — Elas machucam você. Você não as odeia? Acho que eu as odiaria se fosse comigo.

— Elas querem nos compreender e se comunicar conosco — Noah falou. — Querem descobrir como podemos nos entender e precisam saber o que conseguimos suportar daquilo que seria normal para elas.

— Foi isso que disseram para você? — Thera Collier questionou.

Com uma mão, ela empurrou a maçã esmagada na mesa para o chão e depois olhou com ódio para Noah, como se desejasse poder empurrá-la para longe também.

Analisando-a, Noah percebeu que Thera Collier era uma mulher muito amedrontada. Bem, todos estavam amedrontados, mas o medo de Thera fazia com que ela atacasse as pessoas.

— As Comunidades me disseram isso mesmo — Noah admitiu —, mas não antes que algumas delas e alguns de nós, cativos sobreviventes, conseguíssemos compor um código, os primórdios de uma língua, que fez com que a comunicação começasse. Na época em que me capturaram não conseguiam me dizer nada.

Thera bufou.

— Certo. Elas podem descobrir como atravessar anos-luz do espaço, mas não conseguem descobrir como falar conosco sem, primeiro, nos torturar!

Noah permitiu-se um instante de irritação.

— A senhora não estava lá, sra. Collier. Isso aconteceu antes de você nascer. E aconteceu comigo, não com você.

E também não tinha acontecido com ninguém da família de Thera Collier. Noah verificou. Nenhuma daquelas pessoas era parente de abduzidos. Era importante saber disso, já que parentes às vezes tentavam se vingar de tradutores quando percebiam que não seriam capazes de ferir as Comunidades.

— Isso aconteceu com muitas pessoas — Thera Collier retrucou. — E não deveria ter acontecido com ninguém.

Noah deu de ombros.

— Você não as odeia pelo que fizeram com você? — Piedad sussurrou. O sussurro parecia ser sua forma normal de falar.

— Não odeio — Noah respondeu. — No passado, eu odiava, especialmente quando estávamos começando a nos compreender um pouco e, mesmo assim, continuavam nos fazendo passar pelo inferno. Eram como cientistas humanos fazendo experiências com animais em laboratórios: não cruéis, mas muito meticulosos.

— Animais, outra vez — Michelle Ota falou. — Você disse que elas...

— Naquela época — Noah disse a ela. — Não agora.

— Por que você as defende? — Thera quis saber. — Elas invadiram nosso mundo. Elas torturam nosso povo. Fazem o que quer que lhes agrade e nem temos certeza da aparência que têm.

Rune Johnsen se manifestou, para o alívio de Noah.

— Qual a aparência delas, tradutora? Você as viu de perto.

Noah quase sorriu. Qual a aparência das Comunidades. Aquela era, com frequência, a primeira pergunta que faziam em grupos como esse. As pessoas tendiam a achar, independentemente do que tinham visto ou ouvido das fontes midiáticas, que cada Comunidade era, na verdade, um ser individual com o formato de um grande arbusto ou árvore, ou, o mais provável, que usava arbustos como roupa ou disfarce.

— Elas não são parecidas com nada que qualquer um de nós já conheceu — contou a eles. — Ouvi comparações delas com ouriços-do-mar, totalmente incorretas. Também já ouvi que eram como enxames de abelhas ou vespas; outro erro, embora esse chegue mais perto da realidade. Penso que são aquilo de que geralmente as chamo: Comunidades. Cada Comunidade contém muitas centenas de indivíduos, uma multidão inteligente. Mas isso também está errado, na verdade. Os indivíduos não podem realmente sobreviver de forma independente, mas podem deixar uma comunidade e se mudar, temporária ou permanentemente, para outra. São produtos de uma evolução completamente diferente. Quando olho para elas, vejo o que todos vocês viram: ramos externos e, então, trevas. Flashes de luz e movimento interno. Vocês querem ouvir mais?

Eles assentiram, sentando-se mais para a frente, atentos, exceto por James Adio, que se reclinou para trás com uma expressão de desdém no rosto jovem, liso e escuro.

— A substância das criaturas que parecem galhos e das criaturas que parecem folhas, musgos e trepadeiras é viva e composta por indivíduos. Só *parece* alguma espécie de planta. Os vários entes que conseguimos alcançar de fora são secos e, em geral, lisos ao toque. Uma Comunidade de tamanho normal pode preencher metade desta sala, mas pesar apenas de três a quatro quilos. Não são sólidas, óbvio, e em seu interior existem entes que nunca vi. Ser enredada por uma comunidade é como ser mantida em uma espécie de... camisa de força confortável, se é que vocês conseguem imaginar uma coisa dessas. Você não consegue se mexer muito. Não consegue se mexer nem um pouco, a menos que a Comunidade permita. E não consegue enxergar nada. Não há cheiro. Mas, de alguma maneira, depois da primeira vez, não dá medo. É tranquilo e agradável. Não sei por que deveria ser assim, mas é.

— Hipnose — disse James Adio imediatamente. — Ou drogas!

— De maneira alguma — contestou Noah. Disso, ao menos, ela tinha certeza. — É uma das partes mais difíceis de ser cativa das Comunidades. Até conseguirem nos conhecer, não tinham nada parecido com hipnose ou drogas que alterassem o humor. Sequer tinham esse conceito.

Rune Johnsen se virou e franziu as sobrancelhas para ela.

— Que conceito?

— Consciência alterada. Não ficam inconscientes, a menos que estejam doentes ou feridas, e a Comunidade nunca fica inconsciente como um todo, embora muitos de seus entes possam ficar. Como consequência, não se pode dizer realmente que as Comunidades dormem, embora tenham, afinal, aceitado que nós dormimos. Sem querer, apresentamos a elas algo completamente novo.

— Elas vão nos deixar trazer remédios? — perguntou Michelle Ota, de repente. — Tenho alergias e realmente preciso do meu remédio.

— Elas vão permitir certos remédios. Se lhe oferecerem um contrato, você terá de anotar os remédios de que precisa. Ou elas permitirão que você tenha os remédios ou você não será contratada. Se o que você precisa for permitido, terá autorização para encomendá-lo fora. As Comunidades vão verificar para ver se é o que deve ser, mas fora isso, não vão incomodá-la quanto a isso. O remédio é praticamente tudo com o que você precisará gastar enquanto estiver do lado de dentro. O quarto e as refeições são parte do acordo, óbvio, e vocês não terão permissão de deixar suas empregadoras até o contrato terminar.

— E se ficarmos doentes ou sofrermos um acidente? — Piedad questionou. — E se precisarmos de algum medicamento que não está no contrato?

— Emergências médicas são cobertas pelo contrato — Noah explicou.

Thera bateu as palmas das mãos contra a mesa e disse em tom muito alto:

— Dane-se isso tudo! — Ela conseguiu a atenção que queria. Todos voltaram os olhos para ela. — Quero saber mais sobre você e as pragas, tradutora. Em especial, quero saber por que você ainda está aqui, trabalhando para criaturas que provavelmente fizeram você passar pelo inferno. Parte dessa coisa de não ter drogas era não ter anestesia quando machucavam você, certo?

Noah se sentou, imóvel, por um instante, recordando, embora não desejasse recordar.

— Certo — respondeu ela, afinal —, exceto que, na maior parte do tempo, as pessoas que realmente me machucaram foram outros seres humanos. As alienígenas costumavam trancar grupos de dois ou mais de nós por dias ou semanas para ver o que acontecia. Isso, em geral, não era tão ruim. Mas, às vezes, dava errado. Alguns de nós perdíamos a cabeça. Droga, todos nós perdemos a cabeça em algum momento. Mas alguns de nós éramos mais propensos a ser violentos do que outros. E depois havia aqueles entre nós que eram brutos mesmo sem a ajuda das Comunidades. Eram rápidos em se aproveitar de qualquer oportunidade para exercer um pequeno poder, sentir algum prazer fazendo outra pessoa sofrer. E alguns de nós simplesmente paramos de nos importar, paramos de lutar, às vezes, até paramos de comer. Gravidezes e assassinatos foram os resultados daquelas experiências com companheiros de cela. Nós os chamávamos assim. Era mais fácil quando as alienígenas só nos obrigavam a solucionar problemas para conseguir comida ou quando colocavam coisas em nossa comida que nos deixavam doentes ou quando nos enredavam e inoculavam alguma substância quase letal em nosso corpo. As primeiras pessoas cativas sofreram mais com isso, coitadas. E algumas delas desenvolveram um terror fóbico de serem enredadas. Tinham sorte se era só isso que desenvolviam.

— Meu Deus! — Thera exclamou, balançando a cabeça de indignação. Depois de um instante, ela perguntou: — O que aconteceu com os bebês? Você disse que algumas pessoas engravidaram.

— As Comunidades não se reproduzem como nós. Por muito tempo, pareceu não lhes ocorrer ser mais gentis com as mulheres grávidas. Por isso, quase todas as mulheres que engravidaram sofreram abortos espontâneos. Algumas deram à luz bebês mortos. Quatro das mulheres do grupo com o qual eu geralmente ficava presa entre um experimento e outro morreram no parto. Nenhuma de nós sabia ajudá-las.

Aquela era outra lembrança que ela queria afastar.

— Houve alguns bebês nascidos vivos e desses, alguns sobreviveram à primeira infância, mesmo que suas mães não pudessem protegê-los do pior e das pessoas mais malucas de nosso próprio povo ou das Comunidades que estavam... curiosas a respeito deles. Em todas as 37 bolhas do mundo, menos de cem dessas crianças sobreviveram. Muitas delas cresceram e se tornaram adultos razoavelmente sãos. Alguns vivem lá fora, em segredo, e alguns nunca deixarão as bolhas. Escolha própria. Alguns deles estão se tornando os melhores tradutores da próxima geração.

Rune Johnsen demonstrou interesse com um som sem palavras.

— Li sobre essas crianças — ele falou.

— Tentamos encontrar algumas delas — disse Sorrel Trent, falando pela primeira vez. — Nosso líder explicou que são elas que vão nos mostrar o caminho. São tão importantes e, mesmo assim, nosso governo estúpido as mantém escondidas!

Ela parecia tão frustrada quanto irritada.

— Os governos deste mundo têm muitas respostas a dar — disse Noah. — Em alguns países, as crianças não saem das bolhas porque receberam informações sobre o que aconteceu com aquelas que saíram. Notícias de desaparecimento, prisões, tortura, morte. Nosso governo não parece estar mais fazendo esse tipo de coisa. Não com as crianças, ao menos. Deu a elas novas identidades e as escondeu dos grupos que querem cultuá-las, matá-las ou isolá-las. Eu mesma me informei a respeito de algumas delas. Estão bem e querem ser deixadas em paz.

— Meu grupo não quer machucá-las — disse Sorrel Trent. — Queremos reverenciá-las e ajudá-las a cumprir seu verdadeiro destino.

Noah desviou os olhos dela, com a cabeça repleta de coisas cáusticas, pouco profissionais, que era melhor não dizer.

— Então, as crianças, ao menos, conseguem um pouco de paz — foi o que ela disse.

— Uma delas é sua? — perguntou Thera, com um tom de voz inusitadamente suave. — Você teve bebês?

Noah olhou fixo para ela, depois reclinou a cabeça contra o espaldar da cadeira outra vez.

— Engravidei quando tinha quinze anos e outra vez aos dezessete. Abortos espontâneos as duas vezes, graças a Deus.

— Foi... estupro? — perguntou Rune Johnsen.

— Claro que foi estupro! Você consegue imaginar que eu realmente quisesse dar às Comunidades outro bebê humano para que estudassem? — Ela parou e respirou fundo.

Depois de um momento, disse: — Algumas das mortes foram de mulheres assassinadas por resistirem ao estupro. Algumas das mortes foram de estupradores. Vocês se lembram de uma experiência antiga em que ratos demais eram enjaulados juntos e começavam a matar uns aos outros?

— Mas vocês não eram ratos — disse Thera. — Vocês eram inteligentes. Podiam ver o que as pragas estavam fazendo com vocês. Não precisavam...

Noah a interrompeu.

— Eu não precisava o quê?

Thera se retratou.

— Eu não quis dizer você pessoalmente. Só quis dizer que os seres humanos precisam ser capazes de se comportar melhor do que um bando de ratos.

— Muitos se comportaram. Alguns não.

— E, apesar disso, você trabalha para alienígenas. Perdoou-as porque não sabiam o que estavam fazendo. É isso?

— Elas estão aqui — respondeu Noah, sem rodeios.

— Estão aqui até encontrarmos uma maneira de mandá-las para longe!

— Estão aqui para ficar — Noah contestou, em tom mais brando. — Não existe "longe" para elas, ao menos não por muitas gerações. A nave delas é um meio de transporte de mão única. Elas se fixaram aqui e vão lutar para manter as várias localidades desérticas que escolheram para suas bolhas. Se decidirem lutar, não sobreviveremos. Elas também podem ser destruídas, mas a probabilidade é que mandariam as mais jovens para baixo da terra por alguns séculos. Quando saíssem, este seria o mundo delas. Nós teríamos morrido. — Ela olhou para cada membro do grupo. — Elas estão aqui — disse pela terceira vez. — Sou uma entre trinta pessoas, talvez, neste país, que consegue conversar com elas. Para onde eu iria além da bolha, tentando ajudar as duas espécies a compreender e aceitar uma à outra antes que uma delas faça algo fatal?

Thera era inflexível.

— Mas você as perdoa pelo que fizeram?

Noah balançou a cabeça.

— Não as perdoo — respondeu. — Elas não pediram meu perdão e eu não saberia como dá-lo caso pedissem. E aquilo não teve importância. Não me impediria de fazer meu trabalho. Não as impediria de me contratar.

James Adio disse:

— Se elas são tão perigosas quanto acredita, você deveria estar trabalhando com o governo, tentando encontrar uma maneira de matá-las. Afinal, como disse, você sabe mais sobre elas do que o resto de nós.

— Você está aqui para matá-las, sr. Adio? — perguntou Noah em voz baixa.

Ele deixou os ombros despencarem.

— Estou aqui para trabalhar para elas, senhora. Sou pobre. Não tenho todos os tipos de conhecimentos especiais que apenas um terço das pessoas em todo o mundo possuem. Só preciso de um emprego.

Ela assentiu, como se ele estivesse simplesmente transmitindo uma informação, como se as palavras dele não carregassem uma imensa quantidade de amargura, raiva e humilhação.

— Aqui você poderá ganhar dinheiro — prosseguiu. — Eu mesma sou abastada. Vou colocar meia dúzia de sobrinhas e sobrinhos na universidade. Meus parentes fazem três refeições por dia e moram em casas confortáveis. Por que os seus não poderiam?

— Trinta moedas de prata — ele resmungou.

Noah deu um sorriso cansado para ele.

— Não para mim — disse ela. — Meus pais pareciam ter imaginado um papel completamente diferente para mim quando escolheram meu nome.[2]

Rune Johnsen sorriu, mas James Adio fixou os olhos nela com uma antipatia patente. Noah deixou que seu rosto assumisse sua solenidade mais familiar.

— Deixe-me contar a vocês sobre minha experiência trabalhando com o governo para dominar as Comunidades — ela disse. — Vocês deveriam ouvir a respeito, queiram ou não acreditar.

Ela fez uma pausa e organizou os pensamentos.

— Fui mantida na Bolha do Mojave dos 11 aos 23 anos — ela começou. — Óbvio, ninguém da minha família ou dos meus amigos sabia onde eu estava ou se continuava viva. Apenas desapareci, como muitas outras pessoas. No meu caso, desapareci do meu quarto na casa dos meus pais em Victorville, tarde da noite. Anos depois, quando as Comunidades conseguiam falar conosco, quando entendiam melhor o que tinham feito conosco, perguntaram a um grupo se ficaríamos com elas voluntariamente ou se queríamos partir. Achei que era mais um de seus testes, mas quando pedi para ir, elas concordaram. Na verdade, fui a primeira a pedir para sair.

"O grupo em que eu estava na época era formado por pessoas capturadas na infância, às vezes na primeira infân-

---

2   Noah é o nome correspondente a Noé na língua inglesa. (N. da E.)

cia. Algumas delas tinham medo de sair. Não tinham lembrança de nenhum lar, exceto a Bolha do Mojave. Mas eu me lembrava de minha família. Queria vê-la de novo. Queria sair. Não aguentava mais ficar confinada em uma pequena área na bolha. Queria ser livre.

"Mas quando as Comunidades me deixaram sair, não me levaram de volta a Victorville. Apenas abriram a bolha uma noite, bem tarde, perto de uma das favelas que tinham se formado em seu perímetro. As favelas eram maiores e mais rudimentares na época. Eram formadas por pessoas que estavam cultuando as Comunidades, ou tramando eliminá-las, ou ainda esperando roubar delas algum fragmento de sua valiosa tecnologia, esse tipo de coisa. E alguns dos ocupantes eram policiais disfarçados de vários tipos. Os que me apanharam disseram que eram do FBI, mas hoje acho que deviam ser caçadores de recompensas. Naqueles dias, havia uma recompensa por qualquer pessoa ou qualquer coisa que viesse das bolhas, e meu azar foi ter sido a primeira pessoa a sair da Bolha do Mojave.

"Quaisquer pessoas que saíssem poderiam conhecer segredos tecnológicos preciosos ou poderiam ser sabotadores hipnotizados ou espiões alienígenas disfarçados, alguma coisa amaldiçoada. Eu fui entregue ao Exército, que me trancou, me interrogou incessantemente, me acusou de todas as coisas, de espionagem a assassinato, de terrorismo a traição. Fui examinada e testada de todas as maneiras que possam imaginar. Até que eles se convenceram de que eu era uma captura preciosa, que estivera colaborando com nossas 'inimigas não humanas'. Portanto, eu representava uma grande oportunidade para descobrir uma maneira para chegar até elas, até as Comunidades.

"Descobriram tudo que eu sabia. Não que eu estivesse tentando ocultar alguma coisa deles. O problema era que eu não podia lhes contar o tipo de coisa que queriam saber. Óbvio que as Comunidades não tinham me explicado o funcionamento de sua tecnologia. Por que explicariam? Eu também não conhecia muita coisa sobre a fisiologia delas, mas contei tudo que sabia. Contei e repeti várias vezes com os carcereiros tentando me flagrar em alguma mentira. E quanto à psicologia das Comunidades, só pude contar o que tinham feito comigo e o que vi ser feito com outras pessoas. Como meus carcereiros não acharam isso muito útil, decidiram que eu não estava cooperando e que tinha algo a esconder."

Noah balançou a cabeça.

— A única diferença entre a forma como eles me trataram e a forma como as alienígenas me trataram durante meus primeiros anos de cativeiro foi que os chamados seres humanos sabiam quando estavam me machucando. Eles me interrogaram dia e noite, me ameaçaram, me drogaram, tudo para conseguir informações que eu não tinha. Eles me mantiveram acordada por dias e dias, eu não conseguia dizer o que era real e o que não era. Eles não conseguiam atacar os alienígenas, mas tinham a mim. Quando não estavam me interrogando, me mantinham trancada, sozinha, isolada.

Noah passou os olhos pela sala.

— Tudo isso porque eles sabiam, tinham absoluta certeza, que uma cativa que sobreviveu a doze anos de cativeiro e que então foi solta deveria ser algum tipo de traidora, querendo ou não, sabendo ou não. Eles me radiografaram, me examinaram de todas as formas possíveis. No fim, como não encontraram nada incomum, isso os deixou com mais raiva, fez com que me odiassem ainda mais. De alguma maneira, eu os estava fazendo de tolos. Eles tinham certeza! E eu não ia me livrar.

"Desisti. Cheguei à conclusão de que eles não iriam parar nunca, que acabariam me matando de qualquer maneira, e até que fizessem isso, eu nunca mais teria paz."

Ela parou de falar, recordando a humilhação, o medo, o desespero, a exaustão, a amargura, o mal-estar, a dor... Eles nunca a espancaram, apenas a atingiram com algumas bofetadas vez ou outra, para efeito de ênfase ou intimidação. Às vezes, ela era agarrada, sacudida e empurrada em meio a acusações, especulações e ameaças contínuas. De vez em quando, quem a interrogava a jogava no chão, depois mandava que ela voltasse para a cadeira. Não fizeram nada que achassem que poderia feri-la gravemente ou matá-la. Mas aquilo não parava nunca. Às vezes, um deles fingia ser simpático com ela, cortejá-la de certa forma, seduzi-la para que ela contasse segredos que desconhecia...

— Desisti — ela repetiu. — Não sei por quanto tempo estava ali quando isso aconteceu. Nunca vi o céu ou a luz do sol, por isso perdi a noção do tempo. Tinha acabado de recobrar a consciência depois de uma sessão que durou muito tempo. Descobri que estava em minha cela, sozinha, e decidi me matar. Tinha pensado nisso algumas vezes, quando conseguia pensar, e de repente soube que queria fazê-lo. Nada além disso os faria parar. Então eu fiz. Eu me enforquei.

Piedad Ruiz fez um ruído de agonia e depois, quando as pessoas olharam para ela, abaixou os olhos para a mesa.

— Você tentou se matar? — perguntou Rune Johnsen.
— Fez isso quando estava com... as Comunidades?

Noah fez que não com a cabeça.

— Nunca. — Ela fez uma pausa. — O fato de que desta vez meus torturadores eram de meu próprio povo teve mais importância do que eu saberia lhes explicar. Eles eram humanos. Falavam minha língua. Sabiam tudo o que eu sabia sobre dor e humilhação, medo e desespero. Sabiam o que estavam fazendo comigo. Ainda assim, nunca lhes ocorreu não fazer aquilo. — Ela pensou por um instante, recordando. — Alguns cativos das Comunidades se mataram, sim. E as Comunidades não se importaram. Se você quisesse morrer e conseguisse se ferir com a gravidade suficiente, morreria. Elas apenas observariam.

Mas se você escolhesse não morrer, havia a segurança perversa e a paz de ser enredado. Tinha, de alguma forma, o prazer de ser enredado. Aquilo acontecia com frequência quando os cativos não estavam sendo testados de alguma maneira. Acontecia porque os entes das Comunidades descobriram que aquilo também era agradável e reconfortante para eles, e não entendiam o motivo, assim como ela. Os primeiros enredamentos aconteceram porque eram formas convenientes de conter, examinar e, infelizmente, envenenar cativos humanos. Porém, não demorou muito até que humanos desocupados fossem enredados apenas pelo prazer que a ação dava a uma Comunidade desocupada. No início, as Comunidades não compreendiam que seus cativos também podiam sentir prazer naquela ação. Crianças humanas como Noah logo aprenderam como se aproximar de uma Comunidade e tocar seus galhos externos pedindo para serem enredadas, embora os cativos humanos adultos tivessem tentado evitar a prática e as punissem quando não conseguiam evitá-la. Noah teve que crescer para começar a compreender por que os adultos cativos às vezes batiam nas crianças que ousavam pedir aconchego para as captoras alienígenas.

Noah conheceu sua atual empregadora antes de completar doze anos. Era uma das Comunidades que nunca a machucou, uma das que trabalhou com ela e outras pessoas para começar a formar a língua que ambas as espécies poderiam usar.

Ela suspirou e prosseguiu sua narrativa.

— Meus carcereiros humanos eram como as Comunidades em sua postura quanto ao suicídio — ela disse.

— Também observaram quando tentei me matar. Descobri depois que havia ao menos três câmeras me vigiando dia e noite. Um rato de laboratório tinha mais privacidade do que eu. Eles me viram fazendo um laço corrediço com minhas roupas. Eles me viram subir em minha cama e atar o laço em uma grade que protegia o alto-falante que às vezes usavam para me bombardear com uma música alta e distorcida, ou com antigas transmissões de notícias de quando as alienígenas chegaram e as pessoas estavam morrendo de pânico.

"Eles me observaram até quando desci da cama e me pendurei pelo pescoço, sufocando. Depois, me tiraram dali, me reavivaram, certificando-se de que eu não estava gravemente ferida. Feito isso, me colocaram de volta em minha cela, nua e com o nicho do alto-falante concretado e sem grade. Ao menos, depois disso não houve mais a música horrível. Não houve mais gritos aterrorizados.

"Mas o interrogatório recomeçou. Disseram até que eu não tinha realmente tido a intenção de me matar, que eu só estava fazendo o máximo para obter compaixão.

"Então, saí dali, se não em corpo, em mente. Fiquei, de certa forma, catatônica por um tempo. Não estava totalmente inconsciente, mas não funcionava mais, não conseguia. No começo, eles me agrediram, porque achavam que eu estava fingindo. Sei que fizeram isso porque tive depois que lidar com alguns ossos quebrados e outros problemas médicos para os quais não houve justificativa ou tratamento.

"Então, alguém vazou minha história. Não sei quem. Talvez um de meus interrogadores tenha colocado a mão na consciência. De qualquer forma, alguém começou a contar à mídia a meu respeito e a lhes mostrar fotos. O fato de que eu só tinha onze anos quando fui levada se tornou importante na história. Àquela altura, meus captores decidiram desistir de mim. Imagino que pudessem ter me matado com a mesma facilidade. Considerando o que vinham fazendo comigo, não fazia ideia por que não me mataram. Vi as fotos que foram publicadas. Eu estava em péssimo estado. Talvez tenham pensado que eu morreria ou, ao menos, que nunca acordaria e voltaria ao normal. Além disso, quando meus parentes descobriram que eu estava viva, contrataram advogados e lutaram para me tirar dali.

"Meus pais estavam mortos. Tinham morrido em um acidente de carro quando eu ainda estava na Bolha do Mojave. Meus carcereiros deviam saber, mas nunca disseram nem uma palavra. Só descobri quando comecei a me recuperar e um de meus tios me contou. Meus tios eram os três irmãos mais velhos de minha mãe. Foram eles que lutaram por mim. Para ficar comigo, tiveram de assinar um papel garantindo que abdicariam de qualquer direito que tivessem se abrissem um processo. Disseram a eles que foram as Comunidades que me feriram. Eles acreditaram até que eu me reestabeleci o suficiente para explicar a eles o que tinha acontecido de fato.

"Depois que expliquei, eles quiseram contar ao mundo, talvez colocar algumas poucas pessoas na prisão onde deveriam estar. Se não tivessem as próprias famílias, talvez eu não tivesse sido capaz de dissuadi-los. Eram homens bons.

Minha mãe era a irmã mais nova deles e eles sempre a amaram e cuidaram dela. Da forma como as coisas aconteceram, entretanto, tiveram que assumir sérias dívidas para me ver livre, curada e ativa outra vez. Não poderia viver com a ideia de que, por minha causa, eles perderam tudo que possuíam e talvez até acabassem na prisão sob alguma acusação falsa.

"Quando me recuperei um pouco, tive que dar algumas entrevistas para a mídia. Contei mentiras, óbvio, mas não consegui levar adiante a maior mentira. Eu me recusei a confirmar que as Comunidades tinham me ferido. Fingi não me lembrar do que havia acontecido. Aleguei que estava tão mal que não fazia ideia do que acontecia a maior parte do tempo e que estava simplesmente grata por estar livre e me curando. Esperava que isso fosse o suficiente para manter meus ex-captores humanos satisfeitos. Parecia ser.

"Os repórteres quiseram saber o que eu iria fazer, agora que estava livre.

"Respondi que iria para a escola assim que pudesse. Estudaria e arrumaria um emprego para que pudesse começar a retribuir aos meus tios tudo o que tinham feito por mim.

"Foi quase isso que fiz. E enquanto estava na escola, percebi qual trabalho eu estava mais capacitada a fazer. Por isso estou aqui. Não fui apenas a primeira a deixar a Bolha do Mojave, mas a primeira a voltar e a me oferecer para trabalhar para as Comunidades. Tive uma pequena participação as ajudando a estabelecer contato com alguns dos advogados e políticos que mencionei antes."

— Você contou para as pragas a história de quando voltou para cá? — perguntou Thera Collier, desconfiada. — Prisão, tortura e tudo mais?

Noah assentiu.

— Contei. Algumas Comunidades perguntaram e contei a elas. A maioria não perguntou. Elas têm problemas suficientes entre si. O que os humanos fazem com outros humanos fora de suas bolhas geralmente não é importante para elas.

— Elas confiam em você? — perguntou Thera. — As pragas confiam em você?

Noah sorriu, sem alegria.

— Tanto quanto você, pelo menos, sra. Collier.

Thera deu uma risada curta e repentina e Noah percebeu que a mulher não tinha compreendido. Ela pensou que Noah estava sendo sarcástica.

— Eu quis dizer que elas confiam em mim para fazer meu trabalho — Noah explicou. — Elas confiam em mim para ajudar aspirantes a empregadoras a aprenderem como conviver com um ser humano sem feri-lo e a ajudar funcionários humanos a conviverem com as Comunidades e a cumprirem com suas responsabilidades. Você também confia em mim para fazer isso. É o motivo de estar aqui.

Aquilo era verdadeiro o bastante, mas também havia algumas Comunidades, a empregadora dela e algumas outras, que pareciam confiar nela. E em quem ela confiava. Ela nunca ousou contar a ninguém que pensava nelas como amigas.

Mesmo sem essa confissão, Thera lançou a ela um olhar que parecia feito de partes iguais de pena e desprezo.

— Por que as alienígenas receberam você de volta? — James Adio quis saber. — Você poderia estar trazendo para dentro uma arma, uma bomba ou algo assim. Poderia estar voltando para ajustar as contas com elas pelo que fizeram com você.

Noah fez um sinal negativo com a cabeça.

— Elas teriam detectado qualquer arma que eu pudesse trazer. Permitiram que eu viesse porque me conheciam e sabiam que eu poderia ser útil. Eu sabia que podia ser útil também para nós. Elas querem mais de nós. Talvez até precisem mais de nós. É melhor para todos se elas nos contratarem e nos pagarem em vez de apelarem para o sequestro. Elas podem extrair os minérios do solo a profundidade maior do que conseguimos alcançar e refiná-los. Concordaram com restrições quanto ao que retirar e de onde retirar. Pagam uma bela porcentagem de seus lucros ao governo em tarifas e impostos. Com tudo isso, ainda conseguem ter dinheiro para nos contratar.

De repente, ela mudou de assunto.

— Uma vez que estiverem na bolha, aprendam a língua. Deixem claro a suas empregadoras que querem aprender. Vocês dominaram os sinais básicos? — Ela os examinou, sem gostar do silêncio. Enfim, perguntou: — Alguém dominou os sinais básicos?

Rune Johnsen e Michelle Ota responderam:

— Dominei.

Sorrel Trent disse:

— Aprendi alguns deles, mas é difícil lembrar.

Os outros não disseram nada. James Adio se mostrou na defensiva.

— Elas vêm ao nosso mundo e nós temos que aprender a língua delas? — resmungou.

— Tenho certeza de que elas aprenderiam a nossa, se pudessem, sr. Adio — disse Noah, farta. — Na verdade, aqui no Mojave elas conseguem ler e até escrever em inglês, com dificuldade. Mas como não conseguem ouvir absolutamente nada, nunca desenvolveram uma língua falada de qualquer espécie. Só podem conversar conosco pela língua de gestos e toques que alguns de nós e algumas delas criamos. Isso exige certa prática, já que elas não têm membros em comum conosco. É por isso que vocês precisam aprender com elas, ver por si mesmos como se movem e sentir os sinais por toques em sua pele quando estiverem enredados. Assim que aprenderem a língua, verão que ela funciona bem para as duas espécies.

— Elas poderiam usar computadores para se comunicar — disse Thera Collier. — Se a tecnologia delas não é capaz disso, podem comprar parte da nossa.

Noah não se deu ao trabalho de olhar para ela.

— Não vai ser exigido da maioria de vocês mais do que os sinais básicos — falou. — Se tiverem alguma necessidade urgente que os sinais básicos não incluam, podem escrever bilhetes. Escritos em letras maiúsculas. Isso geralmente funciona. Mas se quiserem subir um ou dois degraus na escala de salários e conquistar um trabalho que talvez lhes interesse de verdade, aprendam a língua.

— Como você aprendeu? — perguntou Michelle Ota. — Existem cursos?

— Sem cursos. Suas empregadoras vão ensinar vocês caso queiram que a saibam, ou se vocês pedirem. As aulas da língua são a única coisa que podem pedir com a certeza de que conseguirão. Mas aviso que seus salários serão reduzidos se elas lhes pedirem e vocês não aprenderem. Isso constará no contrato. Elas não vão se importar se vocês não quiserem ou não conseguirem. Nos dois casos, isso vai ter um custo.

— Não é justo — disse Piedad.

Noah encolheu os ombros.

— De qualquer forma, é mais fácil se tiverem algo para fazer e mais fácil se puderem conversar com sua empregadora. Vocês não podem trazer rádios, televisores, computadores ou gravações de qualquer espécie. Podem trazer alguns livros, de papel, mas só. Sua empregadora pode e vai chamá-los a qualquer hora, em certas ocasiões, várias vezes ao dia. Sua empregadora pode emprestá-los a... parentes que ainda não tenham contratado um de nós. Também podem ignorá-los por dias a fio. A maioria de vocês não estará a um grito de distância de outro ser humano. — Noah fez uma pausa e baixou o olhar até a mesa. — Pelo bem de sua sanidade, participem de projetos que vão ocupar suas mentes.

Então Rune disse:

— Eu gostaria de ouvir sua descrição de nossas obrigações. O que li pareceu impossível de tão simples.

— É simples. É até prazeroso, depois que se acostumarem. Vocês serão enredados por sua empregadora ou qualquer uma que sua empregadora designar. Se você e a Comunidade que o enredou conseguirem se comunicar, você poderá ser convocado a explicar ou discutir alguns aspectos de nossa cultura que a Comunidade não compreende ou a respeito da qual ela deseja ouvir mais. Algumas delas leram nossa literatura, nossa história e até nossas notícias. Vocês podem receber problemas para resolver. Quando não estiverem enredados, podem ser enviados como mensageiros, depois de passar tempo suficiente do lado de dentro para não se perder. Sua empregadora pode vender seu contrato para outra Comunidade, pode até enviar você para uma das outras bolhas. Elas concordaram em não mandar vocês para fora do país e concordaram que, quando seus contratos acabarem, permitirão que voltem pela Bolha do Mojave, já que é onde vão começar. Vocês não serão machucados. Não haverá experimentos biomédicos, nenhum dos sórdidos experimentos sociais que os cativos suportaram. Vocês receberão toda a comida, água e abrigo de que precisam para permanecerem saudáveis. Se adoecerem ou se ferirem, terão o direito de se consultar com um médico humano. Acredito que há dois médicos humanos trabalhando aqui no Mojave agora.

Quando Noah parou, James Adio falou.

— Nós seremos o quê, então? — James Adio questionou. — Prostitutas ou animais domésticos?

Thera Collier fez um som que foi quase um choro.

Noah sorriu, sem graça.

— Não somos nem um nem outro, é óbvio. Mas, a menos que aprendam a língua, provavelmente vão se sentir as duas coisas. Somos algo interessante e inesperado. — Ela fez uma pausa. — Somos drogas viciantes.

Ela observou o grupo e confirmou o que Rune Johnsen já sabia. E o que Sorrel Trent sabia. Os outros quatro ficaram ofendidos, inseguros e chocados.

— Esse efeito prova que os humanos e as Comunidades dependem uns dos outros — disse Sorrel Trent. — Estamos fadados a ficar juntos. Elas têm tanto a nos ensinar.

Todos a ignoraram.

— Você nos disse que elas compreendiam que somos inteligentes, certo? — perguntou Michelle Ota.

— Óbvio que compreendem — respondeu Noah. — Mas o que é importante para elas não é o que pensam de nosso intelecto. É o uso que podemos fazer dele. É para isso que nos pagam.

— Não somos prostitutas! — Piedad Ruiz afirmou. — Não somos! Não haverá sexo em nada disso. Não pode haver. E não haverá drogas também. Você mesma disse!

Noah se virou para olhar para ela. Piedad não escutava muito bem e vivia horrorizada com a prostituição, a dependência de drogas, doenças e qualquer coisa que pudesse lhe fazer mal ou tirar sua capacidade de ter a família pela qual ansiava. As duas irmãs mais velhas dela já estavam se vendendo nas ruas. Ela tinha a esperança de salvá-las e de salvar a si mesma conseguindo um emprego com as Comunidades.

— Não haverá sexo — Noah concordou. — E *nós* somos as drogas. As Comunidades se sentem melhor quando nos enredam. Também nos sentimos melhor. Nada mais justo, imagino. Entre elas, as que têm dificuldade em se ajustar a este mundo ficam mais calmas e muito melhores se enredam um de nós de vez em quando. — Ela pensou por um instante. — Ouvi dizer que, para os seres humanos, afagar um gato reduz a pressão sanguínea. Para elas, enredar um de nós acalma e alivia o que se traduz em uma espécie de intensa e biológica nostalgia do local de onde vieram.

— Deveríamos vender alguns gatos para elas — disse Thera. — Gatos castrados, assim elas terão que continuar comprando.

— Gatos e cachorros não gostam delas — Noah comentou. — Na verdade, gatos e cachorros não vão gostar de vocês depois que viverem na bolha por um tempo. Eles parecem farejar algo que não conseguimos detectar. Entram em pânico se você chega perto deles. Mordem e arranham se você tenta mexer com eles. O efeito dura um ou dois meses. Geralmente evito animais domésticos e até animais de fazenda por uns dois meses quando saio.

— Ser envolvido é, de alguma forma, parecido com ter insetos rastejando sobre você? — perguntou Piedad. — Não suporto ter coisas rastejando em mim.

— Não é parecido com nenhuma experiência que já teve — respondeu Noah. — Só posso dizer que não dói e não é pegajoso ou repulsivo de nenhuma maneira. Provavelmente, o único problema a ser desencadeado é a claustrofobia. Se algum de vocês tivesse sido considerado claustrofóbico, já teria sido eliminado a esta altura. Para pessoas não claustrofóbicas... Bom, temos sorte por elas precisarem de nós. Significa emprego para muita gente que, de outra maneira, não o teria.

— Somos a droga favorita, então? — disse Rune. E sorriu.

Noah sorriu de volta.

— Somos. E elas não têm histórias de consumo de drogas, nenhuma resistência a isso e, aparentemente, nenhum problema moral com isso. De repente, se viciam. Em nós.

James Adio falou:

— Isso é algum tipo de vingança para você, tradutora? Você as vicia em nós pelo que fizeram com você?

Noah balançou a cabeça.

— Nada de vingança. Apenas o que eu disse antes. Emprego. Conseguimos sobreviver e elas também. Não preciso de vingança.

Ele a olhou por um longo tempo, de forma solene.

— Eu precisaria — disse. — Preciso. Não posso tê-la, mas a quero. Elas invadiram, elas nos dominaram.

— Deus, sim — disse Noah. — Dominaram grande parte do Saara, do Atacama, do Kalahari, do Mojave e quase todas as outras terras quentes, secas, desérticas que puderam encontrar. No que diz respeito ao território, não tiraram quase nada do que precisamos.

— Ainda assim, não tinham nenhum direito — disse Thera. — É nosso território, não delas.

— Elas não podem partir — disse Noah.

Thera assentiu.

— Talvez. Mas podem morrer!

Noah ignorou aquilo.

— Algum dia, daqui a mil anos talvez, algumas delas irão embora. Vão construir e usar naves parcialmente multigeracionais e parcialmente adormecidas. Algumas Comunidades ficam acordadas e mantêm as coisas funcionando. Todas as outras, de certa forma, hibernam. — Aquilo era uma grande simplificação dos hábitos de viagem das alienígenas, mas era basicamente verdade. — Alguns de nós podem até acabar indo com elas. Seria uma forma de a espécie humana chegar às estrelas.

Sorrel Trent disse com tristeza:

— Se as reverenciarmos, talvez nos levem com elas para o céu.

Noah reprimiu o impulso de bater na mulher. Para os demais, ela disse:

— Os próximos dois anos serão tão fáceis ou difíceis quanto decidirmos torná-los. Tenham em mente que, uma vez assinado o contrato, as Comunidades não vão abrir mão de vocês porque estão com raiva delas ou porque as odeiam ou mesmo porque tentaram matá-las. Aliás, embora eu tenha certeza de que podem ser mortas, isso é apenas por acreditar que tudo que está vivo pode morrer. Contudo, nunca vi uma Comunidade morta. Já vi umas duas passarem pelo que vocês poderiam chamar de revolução interna. Os entes dessas Comunidades se dispersaram para se unir a outras Comunidades. Não sei se isso foi morte, reprodução ou ambos. — Ela inspirou fundo e soltou o ar. — Até mesmo aqueles de nós que conseguimos conversar fluentemente com as Comunidades não compreendemos sua fisiologia tão bem assim. Para concluir, quero contar a vocês um pouco de história. Quando terminar, vou acompanhá-los e apresentá-los às suas empregadoras.

— Então, fomos todos aceitos? — perguntou Rune Johnsen.

— Provavelmente não — respondeu Noah. — Há um último teste. Quando entrarem, cada um de vocês será enredado por uma possível empregadora. Quando isso acabar, um contrato será oferecido a alguns e o restante receberá um pagamento de "obrigada por passar por aqui", dado a qualquer um que chegue até este ponto, mas não vai além.

— Não fazia ideia de que o... enredamento... aconteceria tão depressa — Rune Johnsen falou. — Alguma dica?

— Sobre ser enredado? — Noah balançou a cabeça. — Nenhuma. É um teste benéfico. Permite que saibam se conseguem suportar as Comunidades e permite que elas saibam se realmente querem vocês.

Piedad Ruiz disse:

— Você ia nos contar uma coisa, alguma coisa da história.

— Sim. — Noah reclinou na cadeira. — Não é de conhecimento comum. Busquei referências a esse respeito quando estava na escola, mas nunca encontrei nada. Apenas meus captores militares e as alienígenas parecem saber disso. As alienígenas me contaram antes de me libertarem. Meus captores militares me fizeram passar pelo inferno por saber disso.

"Parece que houve um ataque nuclear contra as alienígenas quando ficou claro onde elas iriam estabelecer suas colônias. As forças armadas de diversos países tentaram destruí-las no céu, antes de pousarem, e falharam. Todo mundo sabe disso. Mas, uma vez que as Comunidades estabeleceram suas bolhas, eles tentaram de novo. Eu já era uma cativa dentro da Bolha do Mojave quando veio o ataque. Não faço ideia de como aquele ataque foi repelido, mas sei que foi. Meus captores militares confirmaram isso com suas linhas de interrogatório: os mísseis lançados contra as bolhas nunca foram detonados. Deveriam ter sido, mas não foram. Algum tempo depois, metade dos mísseis lançados foram devolvidos. Foram encontrados armados e intactos, espalhados por Washington DC, na Casa Branca, um deles no Salão Oval, no Capitólio, no Pentágono. Na China, metade dos mísseis lançados contra a Bolha de Gobi foram encontrados espalhados por Pequim. Londres e Paris receberam de volta metade dos mísseis do Saara e da Austrália. Houve pânico, confusão, fúria. Depois disso, entretanto, as "invasoras", as "pragas alienígenas" começaram a se tornar, em muitas línguas, nossas "hóspedes", nossas "vizinhas" e até nossas "amigas".

— Metade dos mísseis nucleares foram... devolvidos? — Piedad Ruiz sussurrou.

Noah assentiu.

— Sim, *metade*.

— O que aconteceu com a outra metade?

— Aparentemente as Comunidades ainda têm a outra metade, junto com quaisquer armas que trouxeram consigo e que criaram desde que estão aqui.

Silêncio. Os seis olharam uns para os outros e depois para Noah.

— Foi uma espécie de guerra silenciosa — disse Noah. — Nós perdemos.

Thera Collier fixou os olhos nela, desolada.

— Mas... mas deve haver algo que possamos fazer, alguma forma de lutar.

Noah se levantou e empurrou sua confortável poltrona para longe.

— Acho que não — disse. — Suas empregadoras estão esperando. Vamos nos juntar a elas?

Nota da autora

"Anistia" foi inspirado no que aconteceu ao dr. Wen Ho Lee de Los Alamos, nos anos 1990, época em que eu ainda conseguia ficar chocada que uma pessoa pudesse ter a profissão dele e ter sua liberdade tirada e sua reputação manchada, tudo isso sem provas de que tinha, de fato, feito algo errado. Eu não fazia ideia de como esse tipo de coisa iria se tornar corriqueira.

O LIVRO
DE MARTHA

— É difícil, não? — perguntou Deus com um sorriso cansado. — Você está livre de verdade pela primeira vez. O que poderia ser mais difícil do que isso?

Martha Bes olhou ao redor, para o cinza infinito que era, além de Deus, tudo o que conseguia enxergar. Com medo e confusa, cobriu seu largo rosto negro com as mãos.

— Se ao menos eu pudesse acordar — ela murmurou.

Deus se manteve em silêncio, mas estava presente de forma tão palpável, perturbadora, que até em silêncio Martha se sentia recriminada.

— Onde eu estou?

— Aqui comigo — respondeu Deus.

— Aqui, de verdade? — perguntou ela. — Não estou em casa na cama sonhando? Não estou trancafiada em uma instituição psiquiátrica? Não... não estou morta, deitada em um necrotério?

— Aqui — disse Deus, em tom brando. — Comigo.

Depois de um instante, Martha conseguiu tirar as mãos do rosto e olhar outra vez para o cinza em torno dela e de Deus.

— Isso não pode ser o céu — ela disse. — Não há nada aqui, ninguém a não ser você.

— É só isso que você vê? — perguntou Deus.

Aquilo a confundiu ainda mais.

— Você não sabe o que eu vejo? — ela questionou e, depois, depressa, abrandou a voz. — Você não sabe de tudo?

Deus sorriu.

— Não, eu superei esse artifício há muito tempo. Você não imagina como era entediante.

Para Martha, aquilo pareceu algo tão humano de se dizer que o medo dela diminuiu um pouco, embora continuasse extremamente confusa. Ela se lembrou de estar sentada diante do computador, concluindo mais um dia de trabalho em seu quinto romance. A escrita, para variar, tinha fluido bem e ela estava gostando disso. Passou horas despejando sua nova história no papel naquele doce frenesi criativo pelo qual ansiava. Enfim, parou, desligou o computador e percebeu que sentia dores. Suas costas doíam. Estava com fome e sede, e já eram quase cinco da manhã. Havia varado a noite trabalhando. Satisfeita, apesar dos vários espasmos e dores, se levantou e foi até a cozinha procurar alguma coisa para comer.

E então ela estava ali, confusa e assustada. O conforto de sua casa pequena e bagunçada tinha desaparecido, e ela estava de pé diante daquela figura incrível que a havia convencido de imediato de que era Deus, ou alguém tão poderoso que poderia muito bem ser Deus. Disse que tinha uma missão para ela, uma missão que seria muito importante para ela e para o resto da espécie humana.

Se ela estivesse um pouco menos assustada, talvez desse risada. Fora das revistas em quadrinhos e dos filmes ruins, quem dizia esse tipo de coisa?

— Por que — ela ousou perguntar — você parece um homem branco barbudo duas vezes maior do que o tamanho normal?

Na verdade, sentado como estava em sua enorme cadeira que lembrava um trono, ele parecia, ela pensou, uma versão viva do *Moisés* de Michelangelo, escultura que ela se lembrava de ter visto uns vinte anos antes, na foto de um livro didático de história da arte da faculdade. A não ser pelo fato de que Deus estava mais vestido do que o *Moisés* de Michelangelo, coberto do pescoço aos tornozelos, e pela espécie de manto comprido e branco que ela tinha visto tantas vezes em retratos de Cristo.

— Você enxerga o que sua vida preparou você para enxergar — disse Deus.

— Quero enxergar como é aqui de verdade!

— Quer? O que você enxerga depende de você, Martha. Tudo depende de você.

Ela suspirou.

— Você se importa se eu me sentar?

E ela estava sentada. Martha não se sentou, mas simplesmente se descobriu sentada em uma poltrona confortável que com certeza não estava lá um instante antes. Outro artifício, pensou ela, ressentida, como o cinza, como o gigante em seu trono, como a súbita aparição dela ali. Tudo aquilo era só mais um esforço para impressioná-la e amedrontá-la. E, óbvio, estava funcionando. Ela estava impressionada e extremamente amedrontada. Pior, desprezava o gigante por manipulá-la e isso a assustava ainda mais. Ele, com certeza, podia ler seus pensamentos. Ele, com certeza, a castigaria...

Apesar do medo, ela se obrigou a falar.

— Você disse que tinha uma missão para mim. — Ela parou e umedeceu os lábios com a língua, tentando estabilizar a voz. — O que quer que eu faça?

Ele não respondeu de imediato. Olhou para Martha de uma forma que ela interpretou como diversão, olhou para Martha por tempo suficiente para deixá-la ainda mais desconfortável.

— O que você quer que eu faça? — ela repetiu, desta vez em um tom de voz mais forte.

— Tenho uma grande missão para você — ele disse, por fim. — Enquanto explico a respeito, quero que tenha três pessoas em mente: Jonas, Jó e Noé. Você se lembra deles? Guie-se pelas histórias que conhece.

— Certo — respondeu ela, pois ele tinha parado de falar e pareceu que ela deveria dizer alguma coisa. — Certo.

Quando era criança, Martha tinha frequentado a igreja e a escola dominical, as aulas bíblicas e o curso de férias sobre a Bíblia. A mãe dela, apenas uma criança, não sabia muito a respeito de ser mãe, mas queria que a filha fosse "bondosa", e para ela, "bondosa" significava "religiosa". Por consequência, Martha sabia muito bem o que a Bíblia dizia sobre Jonas, Jó e Noé. Tinha passado a encarar as histórias como parábolas e não como verdades literais, mas se lembrava delas. Deus havia ordenado a Jonas que fosse à cidade de Nínive e dissesse às pessoas para se emendarem. Assustado, Jonas tentou fugir da missão e de Deus, mas Deus fez com que ele sofresse um naufrágio, fosse engolido por um grande peixe e viesse a entender que não poderia escapar.

Jó tinha sido o peão atormentado que perdeu seus bens, seus filhos e sua saúde em uma aposta entre Deus e Satanás. E quando Jó provou sua fé, apesar de tudo que Deus havia permitido que Satanás fizesse com ele, Deus o recompensou com ainda mais riqueza, novos filhos e saúde restabelecida.

Quanto a Noé, como se sabe, Deus ordenou que construísse uma arca e salvasse sua família e vários animais, já que tinha decidido inundar o mundo e matar todas as pessoas e todo o resto.

Por que ela tinha que se lembrar desses três personagens bíblicos em particular? O que tinham a ver com ela, especialmente Jó e toda sua agonia?

— Eis o que você — disse Deus — deve fazer: você vai ajudar a espécie humana a sobreviver à sua adolescência gananciosa, mortífera e perdulária. Ajudá-la a encontrar formas menos destrutivas, mais pacíficas e sustentáveis de viver.

Martha o encarou. Depois de algum tempo, falou debilmente:

—... O quê?

— Se você não os ajudar, eles serão destruídos.

— Você vai destruí-los... outra vez? — ela murmurou.

— Óbvio que não — disse Deus, soando contrariado. — Eles já estão no caminho de se destruir aos bilhões ao alterar profundamente a capacidade da Terra de sustentá-los.

— Como? — perguntou ela. E balançou a cabeça. — O que eu posso fazer?

— Não se preocupe — respondeu Deus. — Não vou mandar você de volta para casa com outra mensagem que as pessoas podem ignorar ou deturpar como lhes convém. Já é tarde demais para esse tipo de coisa, na verdade. — Deus se virou no trono e olhou para ela com a cabeça inclinada para um dos lados. — Você vai tomar emprestada parte do meu poder — ele disse. — Vai ordenar as coisas de modo que as pessoas tratem melhor umas às outras e cuidem de seu ambiente de forma mais sensata. Dará a elas uma chance de sobrevivência maior do que a que deram a si mesmas. Vou emprestar meu poder e você fará isso.

Ele fez uma pausa, mas desta vez não conseguiu pensar em nada para dizer. Depois de algum tempo, ele prosseguiu:

— Quando você terminar sua missão, voltará e viverá entre eles outra vez como uma das mais baixas entre eles. É você que decidirá o que isso vai significar, mas o que decidir que é o nível mais baixo da sociedade, a classe ou casta ou raça mais baixa, é isso que você será.

Desta vez, quando ele parou de falar, Martha riu. Ela se sentia oprimida por dúvidas, medos e uma risada amarga, mas foi a risada que escapou. Precisava rir. Aquilo, de alguma forma, lhe deu força.

— Eu já nasci no nível mais baixo da sociedade. Você deveria saber disso.

Deus não respondeu.

— Com certeza, sabe. — Martha parou de rir e, de alguma maneira, conseguiu não chorar. Ela se levantou e caminhou na direção de Deus. — Como poderia não saber? Nasci pobre, negra e mulher, filha de uma mãe de catorze anos que mal sabia ler. Por metade da minha infância, ficamos desabrigadas. Esse nível é baixo o suficiente para você? Nasci embaixo, mas não fiquei lá. Também não deixei minha mãe lá. E não vou voltar para lá!

Mesmo assim, Deus não disse nada. Ele sorriu.

Martha se sentou de novo, amedrontada pelo sorriso, ciente de que tinha gritado... gritado com Deus!

Depois de um tempo, ela sussurrou:

— Foi por isso que você me escolheu para essa... missão? Pelo lugar de onde vim?

— Escolhi você por tudo que você é e tudo que não é — respondeu Deus. — Poderia ter escolhido alguém muito mais pobre e mais oprimido. Escolhi você porque era quem eu queria para isso.

Martha não conseguiu decidir se ele parecia contrariado. Não conseguiu decidir se era uma honra ser escolhida para fazer um trabalho tão grande, tão mal definido, tão impossível.

— Por favor, me deixe voltar para casa — ela murmurou.

Imediatamente, teve vergonha de si. Estava implorando,

soando patética, se humilhando. Ainda assim, aquelas foram as palavras mais honestas que tinha dito até então.

— Você é livre para me fazer perguntas — disse Deus, como se não tivesse ouvido o apelo dela. — Você é livre para discutir e investigar toda a história humana em busca de ideias e alertas. É livre para levar todo o tempo de que precisa para fazer essas coisas. Como falei antes, você é livre de verdade. É livre até para ficar aterrorizada. Mas, garanto, você vai realizar essa missão.

Martha pensou em Jó, Jonas e Noé. Depois de algum tempo, concordou com um movimento de cabeça.

— Ótimo — disse Deus. Ele se levantou e caminhou na direção dela. Tinha pelo menos quatro metros de altura e uma beleza inumana. Brilhava, literalmente. — Venha comigo.

E, de repente, ele não tinha mais quatro metros. Martha não viu a mudança, mas agora Deus era do tamanho dela, apenas 1,80 metro, e não brilhava mais. Agora, quando ele olhava para ela, era olho no olho. E ele olhou para ela. Viu que algo a estava incomodando e perguntou:

— O que foi agora? A imagem que você fazia de mim criou asas emplumadas e um halo ofuscante?

— Seu halo desapareceu — respondeu ela. — E você está menor. Mais normal.

— Ótimo — ele disse. — O que mais você vê?

— Nada. Cinza.

— Isso vai mudar.

Parecia que caminhavam sobre uma superfície regular, dura, nivelada, embora, ao olhar para baixo, Martha não tenha enxergado os próprios pés. Era como se pisasse em uma névoa da altura dos tornozelos que cobria o solo.

— Sobre o que estamos andando? — perguntou.

— O que você quer? — replicou Deus. — Uma calçada? A areia da praia? Uma estrada de terra?

— Um gramado viçoso, verde — respondeu ela e, de certa forma, não se surpreendeu ao se descobrir caminhando sobre uma grama baixa e verde. — E deveria haver árvores — disse Martha, entendendo qual era a ideia e gostando dela. — Deveria haver sol... céu azul com algumas nuvens. Deveria ser maio ou início de junho.

E assim foi. Foi como se sempre tivesse sido assim. Estavam caminhando pelo que poderia ter sido um vasto parque urbano.

Martha olhou para Deus, com os olhos arregalados.

— É isso? — ela sussurrou. — Devo mudar as pessoas decidindo como elas devem ser e então... apenas falar?

— Sim — Deus confirmou.

E ela passou de exultante a, mais uma vez, aterrorizada.

— E se eu disser alguma coisa equivocada, cometer algum erro?

— Você vai.

— Mas... pessoas podem se ferir. Pessoas podem morrer.

Deus foi até um bordo-da-noruega, vermelho e enorme, e se sentou sob ele, em um longo banco de madeira. Martha percebeu que Deus tinha criado tanto a velha árvore como o banco aparentemente confortável em apenas um instante. Martha sabia disso, mas, novamente, aquilo acontecera tão naturalmente que ela não conseguiu ficar chocada.

— É tão fácil — ela disse. — É sempre fácil assim para você?

Deus suspirou.

— Sempre.

Ela pensou naquilo, no suspiro dele, no fato de que ele olhou para as árvores ao longe e não para ela. Será que uma eternidade de sossego absoluto era apenas outro nome para o inferno? Ou aquele era apenas o pensamento mais sacrílego que ela tinha tido até então?

Ela falou:

— Não quero machucar as pessoas. Nem mesmo por acaso.

Deus desviou o rosto das árvores, olhou para ela por vários segundos, depois disse:

— Seria melhor, para você, se tivesse criado uma ou duas crianças.

Então ela pensou, irritada, que ele deveria ter escolhido alguém que tivesse criado uma ou duas crianças. Mas Martha não tinha coragem de dizê-lo. Em vez disso, falou:

— Você não vai corrigir isso para que eu não machuque nem mate ninguém? Quer dizer, sou novata. Poderia fazer alguma coisa estúpida, exterminar a população e só saber disso mais tarde.

— Não vou corrigir as coisas para você — disse Deus. — Você tem liberdade para agir.

Ela se sentou perto dele porque ficar sentada e olhar para o parque infinito era mais fácil do que ficar em pé o encarando e fazendo perguntas que ela achava que poderiam deixá-lo irritado. Ela disse:

— Por que essa deveria ser minha missão? Por que você não faz isso? Você sabe como. Poderia fazer sem cometer erros. Por que me obrigar a fazer? Não sei de nada.

— Exatamente — disse Deus. E sorriu. — É por isso.

Ela pensou sobre aquilo com um horror crescente.

— Para você, isso é só um jogo, então? — perguntou ela. — Está brincando conosco porque está entediado?

Deus pareceu ponderar sobre a pergunta.

— Não estou entediado — disse. De certa forma, ele parecia satisfeito. — Você deveria estar pensando nas mudanças que vai fazer. Podemos conversar sobre elas. Não precisa proclamá-las de repente.

Martha olhou para ele, depois fixou os olhos no gramado, tentando colocar os pensamentos em ordem.

— Certo. Como eu começo?

— Pense nisto: que mudança você gostaria de fazer se pudesse fazer apenas uma? Pense em uma mudança importante.

Ela olhou para o gramado de novo e pensou nos romances que tinha escrito. E se ela fosse escrever um romance em que os seres humanos tinham de ser transformados de uma única forma positiva?

— Bem — ela disse depois de algum tempo —, o crescimento populacional está tornando vários outros problemas piores. E se as pessoas só pudessem ter dois filhos? Quer dizer, e se as pessoas que quisessem filhos só pudessem ter dois, não importando quantos mais desejassem ou quantas técnicas médicas experimentassem para ter mais?

— Você acredita que o problema populacional é o pior, então? — perguntou Deus.

— Acho que sim — ela disse. — Pessoas demais. Se resolvêssemos esse, teríamos mais tempo para solucionar outros problemas. E não podemos resolvê-lo sozinhos. Todos nós sabemos disso, mas alguns de nós não querem admitir. E ninguém quer alguma autoridade poderosa do governo dizendo quantos filhos ter.

Ela olhou para Deus e viu que ele parecia estar ouvindo educadamente. Perguntou-se até onde a deixaria ir. O que poderia ofendê-lo? O que ele faria com ela se ficasse ofendido?

— Então, o sistema reprodutivo de todo mundo pararia de funcionar depois de dois filhos — sugeriu ela. — Quer dizer, as pessoas podem viver tanto quanto antes, e não ficam doentes. Apenas não podem mais ter filhos.

— Elas vão tentar — disse Deus. — O esforço que colocam na construção de pirâmides, catedrais e foguetes lunares não seria nada perto do esforço que colocariam em tentar acabar com o que lhes parecerá a praga da esterilidade. E quanto às pessoas cujos filhos morressem ou tivessem deficiências sérias? E quanto a uma mulher cujo primeiro filho fosse resultado de um estupro? E quanto a barrigas de aluguel? E quanto aos homens que se tornam pais sem saber? E quanto à clonagem?

Martha olhou fixo para ele, constrangida.

— É por isso que você deveria fazer esse trabalho. É complicado demais.

Silêncio.

— Certo. — Martha suspirou e desistiu. — Certo. E se, mesmo com acidentes e a medicina moderna, mesmo com algo como a clonagem, o limite de dois filhos se mantivesse? Não sei como fazer isso dar certo, mas você sabe.

— Pode-se fazer dar certo — disse Deus —, mas tenha em mente que você não vai voltar aqui para consertar nenhuma mudança que fizer. O que criar é o que as pessoas terão para viver. Ou, nesse caso, para morrer.

— Ah! — exclamou Martha. Ela pensou por um instante, e então disse: — Ah, não.

— Elas vão durar umas boas gerações — Deus explicou.

— Mas vão diminuir o tempo todo. No final, serão extintas. Com as doenças normais, deficiências, desastres, guerras, a deliberação de não procriar e os assassinatos, não serão capazes de substituir a si mesmas. Pense nas necessidades do futuro, Martha, tanto quanto nas necessidades do presente.

— Pensei que estivesse fazendo isso— ela disse. — E se eu tornasse quatro o número máximo, em vez de dois?

Deus balançou a cabeça.

— O livre-arbítrio complementado pela moralidade foi um experimento interessante. O livre-arbítrio é, entre outras coisas, a liberdade para cometer erros. Um conjunto de erros às vezes cancela outro. Isso salvou um número variado, embora não confiável, de grupos humanos. Às vezes, os erros levam populações a serem extintas, escravizadas ou deslocadas de suas casas porque danificaram ou modificaram demais suas terras ou suas águas ou o clima. O livre-arbítrio não é garantia de nada, mas é um instrumento potencialmente útil, útil demais para ser casualmente removido.

— Achei que você queria que eu pusesse fim à guerra, à escravidão e à destruição do meio ambiente! — Martha disparou, lembrando da história de seu próprio povo. Como Deus podia ser tão desleixado com essas coisas?

Deus riu. Era um som estupendo, profundo, pleno e, como Martha interpretou, inadequadamente alegre. Por que aquele tema em especial o faria rir? Será que ele era Deus mesmo? Será que era Satanás? Apesar dos esforços de sua mãe, Martha não tinha sido capaz de acreditar na existência literal de nenhum dos dois. Agora, ela não sabia o que pensar... ou o que fazer.

Deus se recompôs, balançou a cabeça e olhou para Martha.

— Bem, não há pressa — disse ele. — Você sabe o que é uma supernova, Martha?

Martha franziu a testa.

— É... uma estrela que explode — respondeu ela, empolgada, até mesmo ansiosa, por ser distraída de suas dúvidas.

— E um par de estrelas — disse Deus. — Uma maior, gigante, e uma menor, muita densa, anã. A anã atrai a matéria da gigante. Depois de algum tempo, a anã atraiu mais matéria do que consegue controlar e explode. Ela não se destrói, necessariamente, mas expele grande parte do excesso de matéria. Isso cria uma luz muito brilhante e violenta. Mas, uma vez que a anã tenha se aquietado, ela começa a drenar matéria da gigante outra vez. Pode fazer isso indefinidamente. Se você a alterar, afastar as duas estrelas ou igualar a densidade delas, não há mais uma supernova.

Martha ouviu, entendendo o que ele queria dizer mesmo sem querer.

— Você está dizendo que se... se a humanidade for modificada, ela não será mais a humanidade?

— Estou dizendo mais do que isso... — Deus explicou a ela. — Estou dizendo que, ainda que isso seja verdade, vou permitir que faça a mudança. O que você decidir que deve ser feito com a humanidade será feito. Mas o que quer que faça, suas decisões terão consequências. Se você limitar a fertilidade das pessoas, provavelmente vai destruí-las. Se você limitar a competitividade ou a inventividade delas, poderá destruir a habilidade que possuem de sobreviver aos muitos desastres e desafios que precisam enfrentar.

Cada vez pior, pensou Martha. E ela realmente sentiu náuseas de medo. Desviou o olhar de Deus, envolvendo a si mesma em um abraço, chorando de repente, com as lágrimas escorrendo pelo rosto. Algum tempo depois, fungou e enxugou o rosto com as mãos, já que não tinha outra coisa.

— O que você vai fazer comigo se eu recusar? — perguntou ela, pensando em Jó e Jonas em especial.

— Nada. — Deus nem pareceu contrariado. — Você não vai recusar.

— Mas e se eu recusar? E se eu realmente não conseguir pensar em nada que valha a pena fazer?

— Isso não vai acontecer. Mas se acontecesse, de alguma forma, e se você me pedisse, eu mandaria você para casa. Afinal, há milhões de seres humanos que dariam qualquer coisa para realizar essa missão.

E ela imediatamente pensou em algumas delas, pessoas que ficariam felizes em exterminar grupos inteiros da população, que odiavam ou temiam; pessoas que poderiam constituir amplas tiranias, que moldariam todo mundo da mesma forma, não importando quanto sofrimento isso produzisse. E quanto àquelas que tratariam a missão como diversão, como nada mais que um jogo de computador do bem contra o mal, sem se importarem com as consequências? Havia pessoas assim. Martha conhecia pessoas assim.

Mas Deus não escolheria esse tipo de pessoa. Se ele era Deus mesmo. Por que a escolheu, afinal? Durante toda sua vida adulta, ela sequer tinha acreditado em Deus como um ser, no sentido literal. Se aquela entidade assustadoramente poderosa, fosse ou não Deus, fora capaz de escolhê-la, ele era capaz de fazer escolhas ainda piores.

Passado algum tempo, ela perguntou:

— Houve realmente um Noé?

— Não um homem que lidou com uma inundação mundial — respondeu Deus. — Mas houve várias pessoas que tiveram de lidar com desastres menores.

— Pessoas a quem você ordenou que salvassem alguns e deixassem o restante morrer?

— Sim — Deus disse.

Ela deu de ombros e o encarou outra vez.

— E depois? Elas ficaram loucas?

Até mesmo ela conseguiu ouvir a desaprovação e a repulsa na própria voz. Deus escolheu ouvir a pergunta como apenas uma pergunta.

— Algumas encontraram refúgio na loucura, algumas na embriaguez, algumas na permissividade sexual. Algumas se mataram. Algumas sobreviveram e tiveram uma vida longa e fértil.

Martha balançou a cabeça e conseguiu se manter calada.

— Não faço mais isso — disse Deus.

Não, pensou Martha. Agora ele encontrou uma diversão diferente.

— Qual o tamanho da mudança que devo fazer? — perguntou ela. — O que irá satisfazer você e fazer com que me deixe ir embora sem trazer alguma outra pessoa para me substituir?

— Não sei — respondeu Deus, e sorriu. Ele descansou a cabeça contra a árvore às suas costas. — Porque não sei o que você vai fazer. É uma sensação agradável... imaginar, não saber.

— Do meu ponto de vista, não é — disse Martha, com amargura. Um tempo depois, falou, em um tom diferente: — Definitivamente não do meu ponto de vista. Porque não sei o que fazer. Realmente, não sei.

— Você ganha a vida escrevendo histórias — Deus falou. — Cria personagens e situações, problemas e soluções. O que dei para você fazer é menos do que isso.

— Mas você quer que eu me ocupe de pessoas reais. Não quero fazer isso. Tenho medo de cometer erros terríveis.

— Vou responder às suas perguntas — Deus garantiu. — Pergunte.

Ela não queria perguntar. Mas, um tempo depois, cedeu.

— O que você quer, exatamente? Uma utopia? Porque eu não acredito nelas. Não acredito que seja possível organizar uma sociedade em que todos estejam contentes, em que todo mundo, homem ou mulher, consiga o que quer...

— Não por mais de alguns instantes — Deus concordou. — Esse é o tempo que demoraria para que alguém decidisse querer o que o vizinho tem, ou que o vizinho fosse um escravo de um tipo ou de outro, ou querer o vizinho morto. Mas não importa. Não estou pedindo para criar uma utopia, Martha, embora fosse interessante ver o que você poderia inventar.

— Então, o que você está me pedindo para fazer?

— Ajudá-los, é óbvio. Você não queria fazer isso?

— Sempre quis — respondeu ela. — E nunca consegui fazer isso de maneira significativa. Fome, epidemias, inundações, incêndios, ganância, escravidão, vingança, guerras estúpidas, estúpidas...

— Agora você pode. Obviamente, não pode pôr fim a todas essas coisas sem pôr fim à humanidade, mas pode diminuir alguns dos problemas. Menos guerras, menos cobiça, mais planejamento e mais cuidado com o meio ambiente... O que isso pode provocar?

Ela olhou para as próprias mãos e depois para ele. Alguma coisa tinha lhe ocorrido enquanto ele falava, mas parecia, ao mesmo tempo, simples demais e fantástico demais. Para ela, especialmente, talvez fosse doloroso demais. Aquilo poderia ser feito? Deveria ser feito? Será que realmente ajudaria, caso fosse feito? Ela perguntou:

— Houve realmente algo semelhante à Torre de Babel? Você tornou as pessoas incapazes de se entenderem de uma hora para outra?

Deus assentiu.

— Outra vez: isso aconteceu várias vezes de uma forma ou de outra.

— E então, o que você fez? Mudou o pensamento das pessoas de algum jeito, alterou as memórias delas?

— Sim, fiz as duas coisas. Contudo, antes da alfabetização, tudo o que tive de fazer foi separá-las fisicamente, enviar um grupo para um território novo ou dar a um grupo um costume que alterasse suas bocas, destruindo os dentes da frente durante os ritos da puberdade, por exemplo. Ou dar a eles uma forte aversão a algo que os outros de sua espécie consideravam precioso ou sagrado ou...

Para a própria surpresa, Martha o interrompeu.

— E quanto a mudar... eu não sei, a atividade cerebral das pessoas. Posso fazer isso?

— Interessante — Deus ponderou. — E provavelmente perigoso. Mas você pode fazer isso, se decidir. O que tem em mente?

— Os sonhos — respondeu ela. — Os sonhos poderosos, inevitáveis e realistas que surgem toda vez que as pessoas dormem.

— Você quer dizer — Deus perguntou — que elas deveriam aprender alguma lição através dos sonhos?

— Talvez. Mas o que realmente quero dizer é que, de alguma forma, as pessoas deveriam gastar grande parte de sua energia nos sonhos. Elas teriam sua própria versão do melhor de todos os mundos possíveis durante os sonhos. Os sonhos deveriam ser muito mais realistas e intensos do que a maioria deles é atualmente. O que as pessoas mais gostam de fazer, elas deveriam sonhar que estão fazendo, e os sonhos deveriam mudar para acompanhar seus interesses individuais. O que quer que chame a atenção delas, o que quer que desejem, elas poderiam tê-lo durante o sono. Na verdade, não poderiam evitar tê-lo. Nada deveria ser capaz de afastar os sonhos, nem drogas, nem cirurgia, nada. E os sonhos deveriam satisfazer muito mais profundamente, mais completamente, do que a realidade. Quer dizer, a satisfação deveria estar no sonho, não em tentar torná-lo real.

Deus sorriu.

— Por quê?

— Quero que as pessoas tenham a única utopia possível. — Martha pensou por um instante. — Cada pessoa terá uma utopia pessoal e perfeita, ou imperfeita, todas as noites. Se elas anseiam por conflito e luta, conseguem. Se querem paz e amor, conseguem. Tudo o que quiserem ou precisarem vem até elas. Acho que, se as pessoas forem para um... bem, um paraíso particular, todas as noites, isso talvez atenue a vontade de desperdiçar suas horas de vigília tentando dominar ou destruir umas às outras. — Ela hesitou. — Não?

Deus ainda estava sorrindo.

— Pode ser. Algumas pessoas serão dominadas pelo sonho como se fosse uma droga viciante. Algumas vão tentar combatê-lo em si ou nos outros. Algumas desistirão de suas vidas e decidirão morrer porque nada do que fazem tem tanta importância quanto seus sonhos. Algumas vão se divertir e tentar continuar com suas vidas já conhecidas, mas mesmo essas descobrirão que os sonhos interferem em suas relações com outras pessoas. O que a humanidade como um todo vai fazer? Não sei. — Ele parecia interessado, quase empolgado. — Acho que, no início, isso poderá entorpecer demais as pessoas, até que estejam acostumadas. Eu me pergunto se elas podem se acostumar a isso.

Martha concordou com um movimento de cabeça.

— Acho que você está certo sobre isso as entorpecer. Acho que, no começo, a maioria das pessoas vai perder interesse em muitas outras coisas, incluindo o sexo real, acordado. O sexo real é arriscado para a saúde e o ego. O sexo dos sonhos será fantástico e nem um pouco arriscado. Com o tempo, nascerão menos crianças.

— E dessas, menos sobreviverão — Deus falou.

— O quê?

— Alguns pais com certeza estarão envolvidos demais com os sonhos para cuidar de seus filhos. Amar e criar as crianças também é arriscado e é um trabalho árduo.

— Isso não deveria acontecer. Cuidar dos filhos deve ser a única coisa que os pais realmente desejam fazer, apesar dos sonhos. Não quero ser responsável por um monte de crianças negligenciadas.

— Então você quer que as pessoas, adultos e crianças, tenham noites repletas de sonhos vívidos, mas os pais devem, de alguma forma, considerar o cuidado das crianças como algo mais importante do que os sonhos, e as crianças não devem ser incitadas a se afastarem de seus pais por causa dos sonhos, mas devem desejar e necessitar de um relacionamento com eles, como se os sonhos não existissem?

— Tanto quanto possível.

Martha franziu a testa, imaginando como seria viver em tal mundo. Será que as pessoas ainda leriam livros? Talvez, para alimentar seus sonhos. Ela ainda seria capaz de escrever livros? Iria querer escrevê-los? O que aconteceria se o único trabalho com o qual já havia se importado desaparecesse?

— As pessoas ainda deveriam se preocupar com suas famílias e seu trabalho — disse Martha. — Os sonhos não deveriam tirar seu amor-próprio. Elas não deveriam se contentar em sonhar em um banco do parque ou em um beco. Só quero que os sonhos desacelerem um pouco as coisas. Um pouco menos de agressão, como você disse, menos cobiça. Nada reduz o ritmo das pessoas como a satisfação, e essa satisfação virá todas as noites.

Deus assentiu.

— Então, é isso? Você quer que isso aconteça.

— Sim. Quer dizer, acho que sim.

— Você tem certeza?

Ela se levantou e olhou para ele.

— É o que devo fazer? Será que vai dar certo? Por favor, me diga.

— Eu realmente não sei. Não quero saber. Quero ver o desenrolar da coisa. Já usei sonhos antes, sabe, mas não assim.

O prazer dele era tão evidente que ela quase se arrependeu da ideia. Ele parecia capaz de se divertir com coisas terríveis.

— Deixe-me pensar a respeito — ela disse. — Posso ficar sozinha por um tempo?

Deus assentiu.

— Fale em voz alta comigo quando quiser conversar. Eu irei até você.

E ela ficou sozinha. Sozinha dentro do que parecia e do que ela sentia ser sua casa, sua casinha em Seattle, Washington. Na sala de estar.

Sem pensar, acendeu um abajur e ficou olhando os livros. Três das paredes da sala estavam cobertas por estantes de livros. Estavam ali, na ordem já conhecida. Ela pegou vários, um depois do outro... história, medicina, religião, arte, crime. Ela os abriu para constatar que eram, de fato, seus livros, grifados e anotados por ela enquanto fazia pesquisas para aquele romance ou esse conto.

Começou a acreditar que estava realmente em casa. E que tivera algum estranho sonho acordado sobre se encontrar com um Deus que se parecia com o *Moisés* de Michelangelo e que ordenou a ela que inventasse um modo de tornar a humanidade uma espécie menos autodestrutiva. A experiência fora completamente real, enervantemente real, mas não poderia ter sido. Era ridícula demais.

Foi até a janela da frente e abriu as cortinas. Sua casa ficava em uma colina e dava para o leste. O maior luxo do lugar era oferecer uma bela vista do lago Washington, a apenas alguns quarteirões, colina abaixo. Mas agora não havia lago. Lá fora estava o parque que ela materializou pouco antes com seu desejo. A uns vinte metros de sua janela da frente, talvez, estava o grande bordo-da-noruega vermelho e o banco onde ela se sentara e conversara com Deus.

O banco estava vazio agora, sob uma sombra densa. Estava escurecendo lá fora.

Martha fechou as cortinas e olhou para o abajur que iluminava a sala. Por um instante, ela se incomodou por ele estar ligado e usando eletricidade naquele lugar saído de um episódio de *Além da imaginação*. Sua casa tinha sido transportada para lá ou fora duplicada? Ou fora tudo uma intrincada alucinação?

Ela suspirou. O abajur funcionava. Era melhor apenas aceitar isso. Havia luz na sala. Havia um quarto, uma casa. Como aquilo tudo funcionava era o menor dos seus problemas.

Ela foi até a cozinha e encontrou toda a comida que tinha em casa. Assim como o abajur, a geladeira, o fogão elétrico e os fornos funcionavam. Ela poderia preparar uma refeição, que seria tão real quanto qualquer outra coisa com que havia se deparado ultimamente. E ela estava com fome.

Do armário, ela pegou uma lata pequena de atum sólido albacora e potes de endro e curry. Da geladeira, pão, alface, picles, cebola verde, maionese e vinagrete. Comeria um sanduíche de salada de atum, ou dois. Pensar naquilo a deixou ainda mais faminta.

Então ela teve outro pensamento, e disse em voz alta:

— Posso fazer uma pergunta?

E eles estavam caminhando juntos em uma larga trilha de terra, margeada por silhuetas escuras e fantasmagóricas de árvores. A noite caíra e a escuridão sob as árvores era impenetrável. Apenas a trilha era uma faixa de luz pálida, vinda das estrelas e da lua. Havia uma lua cheia, brilhante, branca-amarelada e enorme. E havia um vasto céu estrelado. Ela só tinha visto o céu noturno daquela maneira algumas vezes na vida. Sempre morou em cidades, onde as luzes e a névoa obscureciam tudo, exceto as poucas estrelas mais brilhantes.

Ela olhou para cima por vários segundos, depois olhou para Deus e viu, sem se surpreender, que, de alguma forma, ele agora era negro e estava barbeado. Era um homem negro alto e corpulento usando roupas comuns, roupas modernas: um suéter escuro sobre uma camisa branca e calças escuras. Ele não se elevava acima dela, mas era mais alto do que a versão de tamanho humano do Deus branco. Em nada se parecia com o Deus-Moisés branco. Ainda assim, era a mesma pessoa. Ela nunca duvidou disso.

— Você está vendo algo diferente — Deus disse. — O que é?

Até a voz dele mudou, ficou mais grave. Ela contou o que estava vendo e ele assentiu.

— Em algum momento, você provavelmente decidirá me ver como mulher.

— Eu não decidi fazer isso — ela falou. — De qualquer forma, nada disso é real.

— Eu já disse — respondeu ele. — Tudo é real. Só não é como você enxerga.

Ela encolheu os ombros. Aquilo não era importante, não em comparação com o que ela queria perguntar.

— Pensei uma coisa — ela falou. — E isso me assustou. Foi por isso que o chamei. De certo modo, eu já perguntei isso antes, mas você não me deu uma resposta, e acho que preciso de uma.

Ele esperou.

— Estou morta?

— Evidente que não — disse ele, sorrindo. — Você está aqui.

— Com você — disse ela, amarga.

Silêncio.

— O tempo que eu levar para decidir o que fazer tem importância?

— Eu já disse para você que não. Demore quanto quiser.

Aquilo era estranho, pensou Martha. Bom, tudo era estranho. Em um impulso, ela disse:

— Você quer sanduíche de salada de atum?

— Sim — respondeu Deus. — Obrigado.

Eles caminharam de volta para a casa juntos, em vez de simplesmente surgirem ali. Martha ficou grata por isso. Uma vez lá dentro, ela o deixou sentado na sala de estar, folheando um romance de fantasia e sorrindo. Sem muita atenção, ela fez o melhor sanduíche de salada de atum que pôde. Talvez o esforço contasse. Martha não acreditou por um só momento que estava preparando comida de verdade, muito menos que Deus iria comê-la com ela.

Ainda assim, os sanduíches estavam deliciosos. Enquanto comiam, Martha se lembrou do suco espumante de maçã que guardava na geladeira para as visitas. Foi buscá-lo e, quando voltou à sala, viu que Deus tinha, de fato, se tornado mulher.

Martha parou, espantada, depois suspirou.

— Estou vendo que você, agora, é mulher — ela disse.

— Na verdade, acho que você se parece um pouco comigo. Parecemos irmãs.

Ela sorriu, cansada, e lhe entregou um copo de suco.

Deus disse:

— Você está fazendo isso sozinha, de verdade, sabe? Mas, enquanto isso não estiver perturbando você, acho que não tem importância.

— Isso me perturba, sim. Se estou fazendo isso, por que demorou tanto para eu enxergar você como uma mulher negra... já que isso não é mais verdadeiro do que enxergar você como homem branco ou negro?

— Como já mencionei, você enxerga o que sua vida a preparou para enxergar.

Deus olhou para ela e, por um instante, Martha sentiu que estava se olhando em um espelho.

Martha olhou para o outro lado.

— Acredito em você. Só achei que já tinha escapado da prisão mental em que nasci e fui criada, um Deus humano, um Deus branco, um Deus homem...

— Se fosse mesmo uma prisão — Deus disse — você ainda estaria nela e eu ainda teria a aparência da primeira vez que você me viu.

— Chega — Martha pediu. — Como você chamaria isso, então?

— Um velho hábito — respondeu Deus. — É o problema dos hábitos. Tendem a perder a utilidade.

Martha ficou em silêncio por algum tempo. Por fim, falou:

— O que você achou da minha ideia sobre os sonhos? Não estou pedindo para você prever o futuro. Apenas encontre as falhas. Aponte os furos, me previna.

Deus descansou a cabeça no espaldar da cadeira.

— Bem, é menos provável que a evolução dos problemas ambientais cause guerras, então, provavelmente, haverá menos fome, menos doenças. O poder real será menos satisfatório do que o poder amplo, absoluto, que as pessoas podem ter em seus sonhos. Por isso, menos pessoas estarão motivadas a tentar superar seus vizinhos ou a exterminar minorias. De modo geral, provavelmente os sonhos darão à humanidade mais tempo do que ela teria sem eles.

Martha ficou alarmada, contra a própria vontade.

— Tempo para fazer o quê?

— Tempo para amadurecer um pouco. Ou, ao menos, tempo para descobrir alguma maneira de sobreviver ao que lhes restou da adolescência. — Deus sorriu. — Quantas vezes você se perguntou como algum indivíduo particularmente autodestrutivo conseguiu sobreviver à adolescência? É uma preocupação válida para a humanidade tanto quanto para seres humanos específicos.

— Por que os sonhos não podem fazer mais do que isso? — perguntou ela. — Por que os sonhos não podem ser usados não apenas para dar às pessoas o que anseiam quando dormem, mas para impulsioná-las para alguma espécie de despertar da maturidade? Embora não esteja certa de como seria a maturidade da espécie.

— Canse-as de tanto prazer — Deus ponderou — enquanto ensina a elas que o prazer não é tudo.

— Elas já sabem disso.

— Os indivíduos em geral sabem disso quando chegam à idade adulta. Mas, com muita frequência, não dão a mínima. É muito fácil seguir líderes ruins, mas atraentes, abraçar hábitos prazerosos, mas destrutivos, ignorar o desastre iminente porque, afinal de contas, talvez ele não aconteça, ou talvez aconteça apenas com os outros. Esse tipo de pensamento faz parte do que significa ser adolescente.

— Os sonhos podem ensinar ou, ao menos, promover a reflexão quando as pessoas estão acordadas, promover uma preocupação maior com consequências reais?

— Pode ser assim, se você quiser.

— Quero. Quero que elas se divirtam o máximo que puderem enquanto estão dormindo, mas estejam muito mais despertas e conscientes quando estiverem acordadas, muito menos suscetíveis a mentiras, à pressão do grupo e à autoilusão.

— Nada disso as tornará perfeitas, Martha.

Martha se levantou olhando Deus de cima, temendo que tivesse se esquecido de alguma coisa importante e que Deus soubesse disso e estivesse se divertindo.

— Mas vai ajudar? — perguntou ela. — Vai ajudar mais do que prejudicar.

— Sim, provavelmente vai. E sem dúvida fará outras coisas. Não sei quais são, mas são inevitáveis. Nada nunca funciona em perfeita harmonia com a humanidade.

— Você gosta disso, não gosta?

— No começo eu não gostava. As pessoas eram minhas e eu não as compreendia. Você não consegue sequer começar a entender como era estranho. — Deus balançou a cabeça. — Elas eram tão familiares quanto meu próprio ser, mas, apesar disso, não eram.

— Faça a mudança dos sonhos — Martha pediu.
— Tem certeza?
— Faça a mudança.
— Então, você está pronta para ir para casa?
— Sim.
Deus se levantou e a encarou.
— Você quer ir. Por quê?
— Porque não as acho interessantes como você. Porque o seu comportamento me assusta.
Deus riu, desta vez uma risada menos perturbadora.
— Não assusta, não — ela disse. — Você está começando a gostar do meu comportamento.
Depois de algum tempo, Martha assentiu.
— Você está certa. Ele me assustou no começo, e agora não assusta. Eu me acostumei. No pouco tempo em que estive aqui, me acostumei e estou começando a gostar. É isso que me assusta.
Na imagem espelhada, Deus também assentiu.
— Você poderia ter ficado aqui de verdade, sabe. O tempo não passaria para você. Nenhum tempo passou.
— Eu me perguntei por que você não se importava com o tempo.
— No começo, você vai voltar para a realidade de que se lembra. Mas, em breve, acho que terá que encontrar outra maneira de ganhar a vida. Começar de novo, na sua idade, não será fácil.
Martha olhou para as prateleiras bem ordenadas de livros nas paredes.
— A leitura vai ser prejudicada, não vai? O prazer da leitura?
— Vai... por algum tempo. As pessoas vão ler em busca de informação e ideias, mas vão criar as próprias fantasias.

Você pensou nisso antes de tomar sua decisão?

Martha suspirou.

— Sim — respondeu ela. — Pensei. — Pouco depois, acrescentou: — Quero ir para casa.

— Você quer se lembrar de ter estado aqui? — perguntou Deus.

— Não.

Num impulso, ela foi até Deus e a abraçou. Abraçou-a com força, sentindo o corpo familiar de mulher sob o jeans e a camiseta preta que pareciam ter vindo do armário da própria Martha. Percebeu que, de alguma forma, apesar de tudo, ela passou a gostar daquele ser sedutor, infantil e muito perigoso.

— Não — repetiu. — Tenho medo do dano não intencional que os sonhos podem causar.

— Mesmo que, no longo prazo, eles certamente façam mais bem do que mal? — perguntou Deus.

— Sim — respondeu Martha. — Receio que pode chegar um momento em que não serei capaz de suportar saber que sou a única causadora não apenas do mal, mas do fim da única carreira com que já me importei. Estou com medo de saber tudo o que pode, um dia, me fazer perder a cabeça.

Ela se afastou de Deus, e Deus parecia já estar desvanecendo, tornando-se translúcida, transparente, desaparecendo.

— Quero esquecer — disse Martha.

E estava sozinha em sua sala de estar, olhando, sem nenhuma expressão, pelas cortinas abertas da janela da frente, para a superfície do lago Washington e a névoa que pairava sobre ele. Ela refletiu sobre as palavras que tinha acabado de dizer e se perguntou: o que desejava tanto esquecer?

Nota da autora

"O livro de Martha" é minha história de utopia. Não gosto da maioria das histórias de utopia porque não acredito nelas nem por um instante. Parece inevitável que minha utopia seja o inferno de outra pessoa. Então, óbvio, fiz Deus ordenar à pobre Martha que ela inventasse uma utopia que desse certo. E onde mais ela daria certo que não nos sonhos particulares, individuais, de cada um?

QUESTÕES PARA DISCUSSÃO

1. Quais são os aspectos de "Filhos de sangue" que podem levar os leitores a interpretá-la como uma história de escravidão? Você acredita que Gan teria consentido em gestar os ovos de T'Gatoi se a alternativa fosse inseminá-los em uma pessoa desconhecida? Pesquise as diferenças entre uma interação parasítica e simbiótica.

2. "Uma prisão de segurança máxima não seria tão potencialmente perigosa. Por outro lado, nunca ouvi falar de alguém que tenha sido mordido ali." (p. 61)

   Assim a protagonista de "O entardecer, a manhã e a noite" descreve o Dilg: um instituto para abrigar portadores da Doença de Duryea-Gode, como ela. Através da vida da protagonista e da diferença entre esse instituto e os outros lugares nos quais pessoas DDG são internadas é possível analisar os impactos da inevitabilidade de uma doença crônica. O que você acredita que o título do conto revela sobre este aspecto? Quais são esses impactos na qualidade de vida dos DDGs?

3. "— (...) Do jeito que aconteceu, tivemos medo quando ela descobriu que estava grávida, mas ela quis você. Isso nunca foi questionado.

   Mesmo agora, eu não acreditava nele. Acreditava no que eu tinha dito antes, que ela queria um filho para provar que era mulher o bastante para ter um. Assim que conseguiu a prova, minha mãe foi fazer outras coisas. Mas ele a amou e eu o amava. Não falei nada." (p. 101) No conto "Parentes próximos", a revelação de que a mãe da protagonista não conseguia conceber com seu marido, mas engravidou do próprio irmão torna a situação mais complexa. Qual a implicação lógica desta informação? E qual reação você esperaria do tio quando a protagonista o confronta?

4. Apesar do título, o conto "Sons da fala" não possui diálogo até seu desfecho. Você acredita que isso interferiu em seu ritmo de leitura? Você acha relevante que nesta história parte da população perca a capacidade de leitura e outra parte perca a de fala?

5. Você diria que Jane, a protagonista de "Atalho", é uma mulher em situação de vulnerabilidade social? Justifique sua resposta com elementos apresentados no conto.

6. Em "Obsessão positiva" e *"Furor Scribendi"*, Octavia Butler conta aos leitores um pouco de sua relação com as histórias e sua trajetória como escritora profissional. Tendo em vista os trechos "Engane todo mundo. Até a si mesma" (p. 148) do artigo e "Não tenho a menor dúvida de que a melhor e mais interessante parte de mim é minha escrita" (p. 151) da nota, quais lhe parecem ter sido as maiores vantagens e dificuldades da autora? Por quê?

7. Teoriza-se que a vida alienígena seja possível e provável porque existem muitos sistemas solares com planetas compatíveis com a Terra e, portanto, propensos a gerar

vida dentro dos parâmetros que conhecemos. O Paradoxo de Fermi é a contradição aparente entre a grande probabilidade de haver vida em outros planetas e a falta de evidências ou mesmo de contato delas conosco. A partir destas informações, considere o seguinte trecho: "Parece errado que existam. Sequer as odeio, e ainda assim, parece errado. Suponho que seja porque, mais uma vez, fomos desalojados do centro do universo. Digo, nós, seres humanos. Ao longo da história, nos mitos e na ciência, continuamos nos colocando no centro e, depois, sendo despejados." (p. 172) As Comunidades alienígenas de "Anistia" não são propositalmente hostis aos humanos e ocupam áreas desérticas da Terra. Quais lhe parecem ser as motivações do contato dos alienígenas deste conto? Você se identifica com o desconforto demonstrado por Rune Johnsen, um dos recrutados por Noah? Pesquise a história do dr. Wen Ho Lee, mencionado na nota da autora.

8. No conto "O livro de Martha", Deus pede a ela que escolha uma alteração para executar na humanidade, com o intuito de fazer nossa espécie superar a "adolescência gananciosa, mortífera e perdulária. Ajudá-la a encontrar formas menos destrutivas, mais pacíficas e sustentáveis de viver" (p. 209). Considerando que "O livre-arbítrio é, entre outras coisas, a liberdade para cometer erros. Um conjunto de erros às vezes cancela outro" (p. 216), se lhe fosse dada a mesma oportunidade o que você escolheria mudar na humanidade? E você acha relevante o fato de Martha ser uma escritora?

9. Tanto o conto "Filhos de sangue" como "Anistia" mostram a necessidade de intermediários na comunicação entre humanos e alienígenas: o primeiro em um planeta distante com uma diplomata tlic (T'Gatoi) e o segundo na Terra com uma tradutora humana (Noah). A partir de qual momento do contato entre grupos distintos é necessário inserir tradutores ou diplomatas? Você concorda que eles são necessários?

10. Neste livro há duas abordagens de doenças: uma epidêmica e inexplicada em "Sons da fala" e a Doença de Duryea-Gode, que resulta do uso de uma droga contra o câncer (Hedeonco, em "O entardecer, a manhã e a noite"). Quais são as consequências sociais de cada uma delas?

11. Os contos "Sons da fala" e "Anistia" abordam linguagens não verbais, em contextos bastante distintos, mas que têm em comum também a fragilidade da civilidade humana. Pesquise a diferença entre língua e linguagem. E você acredita que comunicações frustradas podem levar a comportamentos agressivos?

12. A autora teve uma criação batista e nunca escondeu os impactos de estudos sobre religião em suas obras. Por exemplo, seus livros *A parábola do semeador* e *A parábola dos talentos* começam as referências bíblicas já no título. Quais outros contos deste livro tangenciam questões religiosas?

13. Na sua opinião, entre os protagonistas Gan ("Filhos de sangue"), Noah ("Anistia") e Martha ("O livro de Martha"), qual parece ter a missão mais difícil? Justifique sua resposta com elementos explícitos de cada conto.

Esta obra foi composta pela Desenho Editorial
em Caslon Pro e impressa em papel Pólen
Soft 70g com capa em Ningbo Fold 250g pela
Corprint para Editora Morro Branco em
julho de 2020.